Das Buch

»Meistens ist es ja nicht so leicht, für einen lieben Menschen, den man nicht sehr gut kennt, ein Geschenk zu finden, das seinen Wünschen entspricht. Hin und wieder passiert aber doch der Glücksfall, daß einer, der demnächst etwas begeht, was der Geschenke bedarf, so ganz nebenbei einen Herzenswunsch ausspricht. So einen Glücksfall meinte ich unlängst zu haben ...« Das Unternehmen erweist sich als schwierig. Doch wie von Christine Nöstlinger nicht anders erwartet, bringt sie die Sache auf den Punkt: Liebenswürdig spießt sie menschliche Schwächen auf – auch eigene – und schafft auf diese Weise den nötigen Durchblick.

Die Autorin

Christine Nöstlinger, am 30. Oktober 1936 in Wien geboren, lebt als freie Schriftstellerin abwechselnd in ihrer Geburtsstadt und im Waldviertel. Sie schreibt Kinder- und Jugendbücher und ist für Zeitungen, Rundfunk und Fernsehen tätig.

Christine Nöstlinger:
Streifenpullis stapelweise

Mit Illustrationen
von Christiana Nöstlinger

Deutscher
Taschenbuch
Verlag

dtv

Von Christine Nöstlinger
sind im Deutschen Taschenbuch Verlag erschienen:
Haushaltsschnecken leben länger (10804; auch als dtv großdruck 25030)
Werter Nachwuchs (11321; auch als dtv großdruck 25076)
Das kleine Frau (11452)
Manchmal möchte ich ein Single sein (11573)
Einen Löffel für den Papa (11633)

Die feuerrote Friederike (dtv junior 7133)
Mr. Bats Meisterstück (dtv junior 7241)
Ein Mann für Mama (dtv junior 7307)
Liebe Susi! Lieber Paul! (dtv junior 7577)
Maikäfer flieg! (dtv junior 7804)
Der Denker greift ein (dtv junior 70164)
Liebe Oma, Deine Susi (dtv junior 75014)
Susis geheimes Tagebuch (dtv junior 70303)

Ungekürzte Ausgabe
Oktober 1993
Deutscher Taschenbuch Verlag GmbH & Co. KG, München

Umschlagtypographie: Celestino Piatti
Umschlagbild: Christiana Nöstlinger
Gesamtherstellung: C. H. Beck'sche Buchdruckerei, Nördlingen
Printed in Germany · ISBN 3-423-11750-8

Inhalt

SPIEGLEIN, SPIEGLEIN AN DER WAND ...

Freunde, die man nie vergißt
Wien, am

Kartenspiel-Spiel

Eigentlich halte ich Kartenspielen für eine langweilige Sache. Mein Gram, wenn ich verliere, und meine Freude, wenn ich gewinne, halten sich in derart bescheidenen Grenzen, daß ich mich wegen einer so geringen Veränderung meines Gefühlshaushalts nicht einmal zum Kartenmischen bereit erklären würde.

Trotzdem liebe ich seit einiger Zeit diese Art von Freizeitbeschäftigung, denn ich habe mit Erstaunen bemerkt, daß man beim Kartenspielen seine Mitmenschen besser kennenlernt als in langen und ausführlichen Intimgesprächen.

Es ist schon ein erregender Anblick, wenn Freund Adalbert, der sonst so gelassen und kühl Kalkulierende, nach Erhalt von sieben »Bummerln« plötzlich – und zum Schrecken seiner Ehefrau – die prall gefüllte Brieftasche auf den Tisch knallt und sie als »Einsatz« für das nächste Spiel geben will.

Wer von den Mitspielern dann fast bereit wäre, die Brieftasche als »Einsatz« anzunehmen, tut auch gut zu wissen.

Und daß Tante Emma, deren Güte und Verständnis für Kinder immer als erwiesen galt, ihren Lieblingsenkel dauernd verbittert keifend des »Schwindelns« bezichtigt, gibt einem allerhand zu denken.

Noch mehr zu denken gibt, daß die gute Elfi, die ewige Vorzugsschülerin und Intelligenzbestie, die Grundregeln des »Dreier-Schnapsens« nicht kapiert und alle paar Minuten nach den näheren Merkmalen einer »Gabel« fragt und sich mit drei ungedeckten Zehnern in einen »Gang« wagt.

Hätte ich mich mit Elfi nicht zum Kartentisch gesetzt, hätte ich noch lange Hochachtung vor ihrem »Superhirn« gehabt.

Das Schönste am Kartenspielen aber ist, daß der Kartenspieler heftig und total emotional reagieren darf. Ungehemmte Schadenfreude kann ihren Lauf nehmen, helle Freude sich grinsend breitmachen, wilde Wut knallend entströmen, wie Gas dem gestochenen Luftballon.

Und wenn Schwager Robert gegen mich gewinnt und ich zische ihm zu: »Ich verabscheue dich!«, dann streicht er lächelnd seinen Gewinn ein und nimmt mir nichts übel.

Daß mein verbittertes Gezischel mit dem Ausgang der Kartenpartie rein gar nichts zu tun hat, sondern mir ein Anliegen ist, seit ich den unmöglichen Menschen in die Familie bekommen habe, ahnt er nicht.

Darum kann ich nur jedermann raten: Spielt Karten! Kartenspielen kann das Zusammenleben ungemein erleichtern!

Schuld war nur das steife Genick

Der Mensch, so er nicht ein echter Egozentriker ist, hat ein lebhaftes Interesse daran, seine Mitmenschen besser, näher und tiefer kennenzulernen, was ja kein Wunder ist, denn mit Menschen, die man besser kennt, kann man auch besser umgehen; und das macht einem das Leben leichter.

Doch ganz spezielles Vergnügen bereitet es vielen Menschen, von einem Mitmenschen etwas zu wissen, was dieser Mitmensch selbst von sich nicht weiß! Artikel in intelligenten Produkten der Zeitungsbranche können ihm dabei weiterhelfen. Meinem Freund Emil, zumindest, taten sie es.

Saß dieser Emil doch unlängst bei mir, mit mir in eine heftige Diskussion verwickelt, und beteuerte unentwegt, daß er meinen Standpunkt überhaupt nicht verstehen könne und sich wahnsinnig darüber gräme, daß dem so sei! Doch plötzlich hellte sich seine düstere Miene auf, und lächelnd sprach er: »Ist ja kein Wunder, daß wir uns nicht einigen können! Du denkst analytisch, und ich denke gesamtheitlich!«

»Was offenbart dir dieses?« fragte ich verstört.

»Deine Blickrichtung!« trumpfte Emil auf. »Immer, wenn du nachdenkst, neigst du den Kopf nach rechts und schaust auch nach rechts!«

»Jawohl«, sagte ich mit rechtsgeneigtem Kopf, »das kommt davon, weil ...«

»Weil der Mensch den Kopf nach rechts richtet«, unterbrach mich Emil, »wenn seine linke Hirnhälfte beschäftigt ist. Und die linke Hirnhälfte ist für das analytische Denken zuständig. Das ist wissenschaftlich erforscht, da beißt keine Maus einen Faden ab!«

Ich schaute, nach rechts geneigten Hauptes, Freund Emil an. Er war so stolz auf sein neues Wissen und so begeistert, daß er hinter die intimsten Schliche meiner Denkapparatur gekommen war. So sagte ich einfach und voll Anerkennung in der Stimme: »Toll, Emil! Man lernt nie aus!«

Meine gute Seele, sowohl in der rechten als auch in der linken Hälfte auf Güte und Einfühlungsvermögen trainiert, hieß mich, Freund Emil nicht darüber aufzuklären, daß mein rechtsgeneigter Kopf und der damit verbundene Rechtsblick sehr wenig mit analytischem Denken, aber sehr viel mit einem steifen Genick zu tun hat.

Aber weiß der Himmel! Wenn das steife Genick noch ein paar Tage länger anhält, dann werde ich vielleicht noch eine analytische Denkerin!

Hilfe, liebe Gäste!

Es ist wirklich lobenswert, wenn Menschen, die bei uns für längere Zeit zu Gast sind, die Hände nicht nur andächtig in den Schoß legen, sondern auch ein wenig »zupacken«.

Gepriesen seien die Gäste, die jeden Morgen ihr Leintuch frisch spannen, ihre Bartstoppeln aus unserem Waschbecken spülen und – so sie Durst überkommt – diesen in Eigeninitiative stillen können.

Tiefere Eingriffe in den gastlichen Haushalt sind allerdings problematisch.

Drei hilfreiche Gastdamen etwa, die einem partout in der engen Küche beim Nachtmahl-Kochen helfen wollen, können eine wahre Plage sein, wenn Dame eins, statt die Erdäpfel zu schälen, alle unsere Küchenladen nach einem Kartoffelschäler absucht, Dame zwei ständig gerade an der Schranktür lehnt, hinter der ein von uns dringlich benötigter Gegenstand lagert, und Dame drei nach dem Motto »Flaxen sind das Beste am Gulasch« über den Waldschinken herfällt und ihn zu Brocken zersäbelt, die weder unser Mann noch unser Nachwuchs schlucken werden.

Auch der liebe Freund, der uns befiehlt, »schön brav faul« sitzen zu bleiben, und sich ans Kaffeekochen macht und uns dann alle zehn Sekunden hochjagt, weil er den Kaffee, den Zucker, die Milch, die Löfferln und den Wasserkessel nicht finden kann, macht uns eher nervös als locker und entspannt.

Besonders zu fürchten sind die ganz selbstbewußten Gäste, die sich an Arbeiten machen, ohne den Gastgeber vorher über ihre edlen Absichten zu informieren. Arglos läßt man diese Leute – zum Beispiel – den Garten betreten, meinend, sie werden dort in der Sonne dösen oder schönen Gedanken nachhängen.

Verschwitzt und stolz kommen diese Leute Stunden später ins Haus zurück und wollen gelobt werden. Sie haben alles Unkraut aus unseren Gemüsebeeten gezupft! Zwischen den Salathäupteln und den Spinatreihen, sagen sie, hat das Zeug ja nur so gewuchert!

Da schluckt der Gastgeber dann und dankt matt und beherrscht. Daß das »Unkraut« seine rege keimenden Winterrettiche und seine sorgfältig gehegte Sommerkohlsaat waren, verschweigt er.

Es ist schon arg genug, keine Rettiche und keinen Kohl mehr zu haben. Ein Gast, der andauernd und klagend nachfragt, wie er denn »den Schaden bloß wieder beheben könne«, würde noch weit schlimmer sein.

Großes Glück und Privathölle

Es gibt Menschen, die einander lieben, aber nicht zusammenpassen, und es gibt Menschen, die zusammenpassen, einander aber nicht lieben.

Erstere haben eine kleine Privathölle auf Erden, zweitere haben es besser, ihnen entgeht nur das große, gemeinsame Glück.

Manchmal allerdings – und dann wird die Sache irrwitzig – sind zwei Ehepaare, wo die Partner einander lieben, aber nicht zusammenpassen, in tiefer Freundschaft verbunden, und dann stellt sich heraus, daß der Mann von Paar 1 sehr gut mit der Frau von Paar 2 zusammenpassen würde und die Frau von Paar 1 desgleichen mit dem Mann von Paar 2.

Wäre das Leben ein Illustriertenroman, fände nun der berühmte Partnertausch statt. Weil sich das Leben aber weigert, ein solcher zu sein, ergibt sich nichts Diesbezügliches aus den Querverbindungen.

Was sich ergibt, ist ein großes und langes und gegenseitiges »Herzausschütten« und ein vehementes Trösten, ein Leidensgesang im Chor und ein seelisches Wiederaufrichten, um die nächste Krise mit dem angetrauten Partner zu überstehen.

Und über die Jahre hin entsteht dann noch eine gewisse Verbitterung zwischen Mann 1 und Mann 2 und zwischen Frau 1 und Frau 2, weil Mann 1 immer zu hören bekommt, daß Mann 2 der gleichen Ansicht sei wie seine Ehefrau und auch gemeint habe, daß sich Mann 1 völlig vertrottelt aufführe. Und dann kontert Mann 1 damit, daß Frau 2 ihm recht gegeben habe und wirklich nicht verstehe, warum ihn Frau 1 so sehr quäle.

Und dann brüllen an zwei verschiedenen Orten, aber in gleicher Lautstärke, zwei Menschen: »Wenn er (sie) dich so gut versteht, dann laß dich doch scheiden und heirate ihn (sie)!«

Aber der verbitterte Vorschlag kann nicht angenommen werden. Dies nicht nur, weil das Leben kein Illustriertenroman ist, sondern auch, weil es mit dem schönen Verstehen zwischen Mann 1 und Frau 2 und zwischen Mann 2 und Frau 1 bald aus wäre, hätten sie nicht mehr ihre verqueren Partnerschaften zu besprechen.

Sich im gemeinsamen Hader zu finden ist eben noch kein Garant dafür, zusammen auch glücklich sein zu können.

Ohne die, über die es zu klagen gilt, hätten sich Mann 1 und Frau 2 genausowenig zu sagen wie Mann 2 und Frau 1.

Der Hausfreund

Freundschaften werden zumeist auf ganz durchschnittlich normale Art geschlossen, aber oft auf sehr seltsame Art weitergeführt. Da hat man – etwa – einen Freund aus alten Sandkistenzeiten her. Man weiß mit ihm zwar kaum mehr etwas anzufangen, da man längst nicht mehr auf Sandburgenbauen aus ist und es sich erwiesen hat, daß der alte Freund zu fast allen Dingen des Lebens andere Meinungen und andere Ansichten hat als wir.

Würde er nicht jeden Donnerstag Punkt sieben Uhr an der Tür klingeln, er würde uns kaum abgehen. Da er aber jeden Donnerstag Punkt sieben Uhr klingelt, müssen wir ihm öffnen, und wenn er sich dann gegen Mitternacht mit einem fröhlichen: »Bis zum nächsten Donnerstag, ihr Lieben« von uns verabschiedet, können wir einfach nur zustimmend nicken, denn unser Verständnis von »Treue« reicht ja, so wir keine Unmenschen sind, weit über den intimen, ehelichen Treuebegriff hinaus.

Einen alten Freund zu »verlassen«, bloß weil wir an ihm nicht mehr allzuviel Gefallen – über ein paar verbindende Erinnerungen hinaus – haben, erscheint uns schnöde.

Allerdings hält uns diese schöne Treue davon ab, neue, uns weit entsprechendere Freundschaften zu knüpfen, denn die Woche hat halt leider nur sieben Tage, und viel mehr als zwei oder drei Abende können wir für die Begegnung mit Freunden nicht reservieren.

Die Möglichkeit, den alten Freund und die neuen Bekannten an ein und demselben Abend miteinander zu »kombinieren«, schlägt meistens leider auch fehl. Die neuen Bekannten wundern sich ein wenig über unseren

Freund und halten das, was er von sich gibt, irrtümlicherweise auch für unsere Ansichten und Meinungen und denken sich: Also, wenn die solche Freunde haben, passen wir doch nicht recht zusammen!

Und der alte Freund verabschiedet sich gegen Mitternacht speziell gekränkt. Da er seit Jahrzehnten bei uns Hausrecht genießt, fühlt er sich berechtigt, sein Unbehagen auch zu formulieren. »Also, wenn ihr mir noch einmal diese Leute einladet«, spricht er empört bei der Haustür, »dann habt ihr mich das letztemal gesehen!«

»Soll sein«, murmeln wir verbittert hinter ihm her, aber bis zum nächsten Donnerstag haben wir uns wieder fest im Griff und wissen, wozu Freundestreue verpflichtet.

Hänschen und Gretchen

Eine komplizierte Frage ist, ob man die Menschen, mit denen langjährige Freunde Liebesbeziehungen eingehen, genauso ins Herz schließen muß wie die langjährigen Freunde.

Ist es normal oder eine Zumutung, wenn Hausfreund Hänschen seinen wöchentlichen Abendbesuch plötzlich mit einem »Fräulein« anreichert, mit dem wir, wäre sie nicht Hänschens Herzblatt, kaum drei Worte reden würden?

Und was tut man, wenn Hänschen, daran gewohnt, mit uns auf Urlaub zu fahren, ganz selbstverständlich annimmt, daß wir den nächsten Urlaub mit ihm und dem »Fräulein« genießen werden?

Daß wir das »Fräulein« nicht ausstehen können, mag ja zum großen Teil am Betragen des »Fräuleins« liegen, aber zu einem gewissen Teil liegt es sicher auch daran, daß unsere Liebe eine sehr besitzergreifende ist; auch die zu Hausfreund Hänschen.

Er hat doch immer zu uns gehört! Hatte er Kummer, haben wir getröstet. Widerfuhr ihm große Freude, waren wir die ersten, denen er davon berichtet hat! Sein Selbstbewußtsein haben wir in vielen Abendsitzungen gestärkt, seine Finanzen haben wir zu regeln versucht. Ganz zu schweigen von den Pullovern, die wir ihm strickten, den Knöpfen, die wir ihm annähten, und den Lieblingsspeisen, die wir ihm aufkochten.

Und jetzt kommt ein »Fräulein« daher und will für Hänschen kochen und Knöpfe annähen, will seinen Kummer trösten und will als erste angerufen werden, wenn ihm Schönes widerfährt. Sogar für Hänschens

Selbstbewußtsein meint das »Fräulein« zuständig zu sein. Das ist doch lächerlich!

Wir kennen und lieben das Hänschen schließlich viel länger als das »Fräulein«! Wir wissen daher viel besser, was für Hänschen gut ist, und können uns deshalb auch entsetzt zuraunen: »Die ist nichts für ihn, absolut nichts!«

Das »Fräulein« merkt unsere Einstellung natürlich und weigert sich, zu uns auf Besuch zu kommen und mit uns auf Urlaub zu fahren. Und Hänschen – verblendet, wie die Liebe einen macht – bleibt uns daher auch fern. Da wir das aber nicht gut aushalten, weil wir Hänschen ja lieben, nähern wir uns zähneknirschend dem »Fräulein« wieder und überwinden uns, es »liebes Gretchen« zu nennen. Und kommen schön langsam dahinter, daß das liebe Gretchen ein recht netter Mensch ist.

Wir stärken ihr Selbstbewußtsein, stricken ihr einen Pullover und trösten ihren Kummer und regeln ihre Finanzen... Unter Umständen auch dann noch, wenn Freund Hänschen seine Beziehung zu Gretchen schon längst gelöst hat.

Streifenpullis – stapelweise

Meistens ist es ja gar nicht so leicht, für einen lieben Menschen, den man nicht sehr gut kennt, ein Geschenk zu finden, das seinen Wünschen entspricht. Hin und wieder passiert aber doch der Glücksfall, daß einer, der demnächst etwas begeht, was der Geschenke bedarf, so ganz nebenbei einen Herzenswunsch ausspricht.

So einen Glücksfall meinte ich unlängst zu haben. Eine Freundin, deren Geburtstag dräut, beschwerte sich bei mir, daß sie nirgendwo in der Stadt einen marineblaugelb gestreiften Pulli mit V-Ausschnitt und Raglanärmeln auftreiben könne. Lang und weit, sagte sie, wünsche sie sich diesen Pulli, und aus reiner Schafwolle solle er sein. Und die Streifen hätte sie am liebsten sehr breit.

Genauer läßt sich ein Wunsch ja wohl nicht mehr definieren. Also machte ich mich auf den Weg und versuchte mein Glück! Ich betrat einen Innenstadtladen mit überreicher Pulloverauswahl und sprach: »Bitte, ich hätte gern einen Pullover, Größe 44, aus reiner Schafwolle, mit V-Ausschnitt, Raglanärmeln und marineblau-gelben Blockstreifen!«

Die Verkäuferin nickte mir freundlich zu, entschwand und kehrte mit einem Berg Pullover zurück. Einer war blau mit weißen Nadelstreifen und aus Dralon, einer war aus Wolle, gelb mit blauen Bündchen, einer hatte einen V-Ausschnitt und Raglanärmel, war auch aus Wolle, aber himmelblau und gelb kariert. Einer hatte Fledermausärmel, einen Rollkragen und gelbe Rosen auf blauem Grund. Einer war fast so, wie ich ihn angefordert hatte, bloß waren die Streifen zwei Millimeter breit, und er hatte Größe 36.

Ich wiederholte die Bestimmungsstücke des Pullovers meiner Sehnsucht. Die Verkäuferin runzelte beleidigt die Stirn, murmelte: »Das haben wir leider nicht«, und räumte vergrämt die herangeschleppte Ware weg.

In zehn weitere Läden marschierte ich hierauf ein und erklärte Verkäuferinnen präzise meinen Pulloverwunsch. Es war immer wieder das gleiche: Eilfertig und stapelweise schleppte man mir Pullis herbei, und nie war einer darunter, der annähernd dem entsprach, was ich gewünscht hatte.

Ich errege mich wirklich nicht darüber, daß es in Wien keinen gelb-blau blockgestreiften Pulli mit Raglanärmeln und V-Ausschnitt gibt. Aber warum gibt es keine Verkäuferin, die mir das gleich sagt?

Meine Freunde, die Feuerzeug-Hamster

In den guten alten Zeiten, in denen man noch auf Anstand, Sitte, Ehrlichkeit und Moral etwas hielt, mußte kein Mensch – es sei denn, er wäre unter arges Diebsgesindel geraten – auf sein Feuerzeug gut aufpassen, um es länger als eine Woche im Besitze zu haben. Aber damals waren die Feuerzeuge ja auch noch ordentlich schichtspezifisch ihren Eignern zugeordnet.

Arme Leute hatten ein blechernes Sturmfeuerzeug, besser gestellte Personen mühten sich ab, einem versilberten, meistens auch noch ziselierten Ding ein Flämmchen zu entlocken, und wohlhabende Personen oder Angeber klickten dezent oder indezent mit 18karätigem Gold in der Gegend herum.

Heute, wo arm wie reich, alt wie jung und männlich wie weiblich fast ausschließlich mit Einwegfeuerzeugen zündeln, die dazu nicht selten Werbegeschenke sind, achtet kaum jemand mehr des anderen Eigentumsanspruch in Sachen Feuerzeug.

Man läßt das eigene Feuerzeug auf anderer Menschen Tisch liegen, man steckt skrupellos anderer Leute Feuerzeuge ein.

In meinem Bekanntenkreis herrschen allerdings leider die Leute vor, die einstecken. Die, die liegenlassen, sind wesentlich rarer.

Von etlichen meiner regelmäßigen Besucher nehme ich sogar ehrlichen Herzens an, daß sie zu Hause, vielleicht unter dem Bett, große Kisten voll Feuerzeuge gelagert haben. Grimmig gedenke ich dieser Kisten immer, nachdem mich an einem netten Abend alle Besucher verlassen haben und ich eine friedliche Abendzigarette rauchen will. Keiner aus dem Dutzend meiner knallfarbenen Flammenwerfer ist dann nämlich mehr da.

Mit dem Gasanzünder muß ich einen Brenner entzünden und an selbigem, ohne Rücksicht auf Wimpern und Stirnfransen, meine Zigarette zum Glühen bringen. Hin und wieder ertappt man andere Leute ja auch mit dem eigenen, unlängst gemopsten Feuerzeug. Der Werbeaufdruck der Firma, von der wir das Feuerzeug geschenkt bekamen, kann da große Beweiskraft haben.

Aber sogar da gibt es total unverschämte Typen, die glattwegs behaupten, ebenfalls in New York, in der 2nd Avenue, bei »Gogo-gig« ein T-Shirt gekauft zu haben und damals das umstrittene Feuerzeug bekommen zu haben!

Einzige Lösung: Das Rauchen einstellen. Dann ist kein Feuerzeug der Welt mehr ein Problem.

Alles in Butter?

Kummer, Ärger, Wut und Gram soll man nicht in sich hineinfressen; das weiß heute jeder. Am besten ist es natürlich – sagen sowohl die Seelenexperten als auch kundige Laien –, wenn man die negativen Emotionen an der Person ausläßt, die einem Kummer und Ärger gemacht hat.

Vom sogenannten »klärenden Gewitter« ist dann die Rede.

Dieses schöne Donnerwetter läßt sich allerdings nur veranstalten, wenn die Person, auf die es niedergehen soll, willig ist; was nicht der Fall sein muß. Aus eigener Erfahrung weiß ich, daß Familienmitglieder dazu neigen, bei ersten Anzeichen von mütterlichem Donnergrollen still und leise oder laut fluchend – je nach Temperament – das Haus zu verlassen.

In so einem Fall kann man dann natürlich auch das Haus verlassen und sich bei einem Freund oder einer Freundin aussprechen. Selbst wenn man weder Rat noch Hilfe bekommt. Das bloße Von-der-Seele-Reden mildert die miese Gemütslage.

Und wenn Freund oder Freundin abschließend sagen: »Du Arme, das ist ja wahrlich ganz schrecklich, du tust mir ja so leid!«, kommen wir uns gar nicht mehr arm vor, finden nichts mehr schrecklich und tun uns selber nimmer leid. Mit neuer Zuversicht eilen wir heim, eine Klippe im Family-life ist wieder gut umschifft!

Doch bei dieser Art von Konfliktbewältigung empfiehlt sich darauf zu achten, wo man seinen Gram ablädt, denn gut neunzig Prozent aller Leute erzählen – ganz ohne Arg – Intimberichte weiter. Lüstern tratschend die einen, die anderen tun, als wären sie Bewährungshelfer und wir ihre Probanden, und veranstalten im Freundeskreis ganze Fallbesprechungen. Ergebnis ist das gleiche!

Wochen nachdem wir uns bei Freundin A ausgesprochen haben, treffen wir Freundin B, die wir seit Monaten nicht mehr gesehen haben, und die schaut uns an, als wolle sie uns streicheln, und fragt: »Na, hast die Scheidung schon hinter dir?«

Verdutzt starrt man die Gute zuerst an, dann dämmern einem Zusammenhänge, an denen der Umstand, daß die Freundinnen A und B einander gar nicht kennen, nichts ändert.

Hätte man so viel Humor, wie man nicht hat, könnte man nun Kärtchen aussenden: Text: »Bei uns ist seit sieben Wochen wieder alles in Butter!«

Nur ahnt man ja gar nicht, an wie viele Leute man die Dinger schicken müßte. Und das ist gut. Sonst träfe einen noch der Schlag!

Neues gibt es nur in Filmen

Manchmal setzt man sich zum Fernsehen, gar nicht besonders an Bilderchen und Stories interessiert, bloß ein wenig ausspannen und die ein, zwei Stunden bis zum Schlafengehen ausfüllen will man, doch wenn man erst einmal ein halbes Stündchen zugeschaut hat, lebt man sich ein – auch in den größten Unfug – und nimmt Anteil an der Geschichte, die da über den Bildschirm flimmert.

Und gerade in dem Moment, wo es ganz spannend wird, wo der Hans mit der Grete Streit bekommt und die Grete dem Hans allerlei entgegenschleudert (Worte natürlich nur) und der Hans so tut, als würde er die Grete gleich verlassen, da klingelt es an der Tür und ein alter Freund steht davor und sagt, daß er »nur einen Sprung vorbeischaut«, weil er »gleich nebenan« etwas zu erledigen hatte.

Ob er etwa störe, fragt er. Wenn ja, sagt er, möge man das ruhig sagen, dann gehe er gleich wieder. Er habe größtes Verständnis dafür, daß man nicht unangemeldet wo eindringen könne!

»Aber nein, lieber Freund, keine Spur«, sagt man dann höflich, nimmt ihm Hut und Mantel ab, führt ihn ins Wohnzimmer, wirft noch einen traurigen Abschiedsblick auf Hans, Grete und deren Konflikt und drückt entsagungsvoll die Aus-Taste.

»Hab' ich dich beim Fernsehen gestört?« fragt der alte Freund. »Sag's nur«, drängt er, »dann geh' ich wieder!«

»War sowieso nur ein Blödsinn«, murmelt man und fragt, ob der Freund Kaffee oder Wein mag.

Nein, Kaffee mag er nicht, da kann er dann nicht schla-

fen. Wein mag er, aber nur trockenen, sonst kriegt er Sodbrennen. Man schenkt also trockenen Wein ein, und der Freund redet und redet, aber man hört bloß mit halbem Ohr hin, denn Herz und Hirn sind noch bei Hans und Grete.

Man überlegt, was die beiden wohl gerade machen. Haben sie sich versöhnt? Oder ist er ins Ausland gegangen? Oder hat sie sich vielleicht doch umgebracht?

Der alte Freund merkt, daß ihm keine ungeteilte Anteilnahme und Aufmerksamkeit zuteil wird, sagt, daß er nicht länger stören will, und erhebt sich. Man schaut auf die Uhr, stellt fest, daß der Film noch laufen muß, setzt also der Aufbruchsdrohung kaum Widerstand entgegen, geleitet den Freund ins Vorzimmer, stopft ihn hurtig in Hut und Mantel und öffnet die Tür.

Kaum ist sie ins Schloß gefallen, wieselt man ins Wohnzimmer zurück, schaltet wieder ein und sieht den Abspann abrollen.

Man erfährt, wer den Film geschnitten hat, wer der Beleuchter war, wer Regie geführt hat. Was aus dem Hans und der Grete geworden ist, wird man nie mehr erfahren!

Weh wird einem ums Gemüt! Man setzt sich hin, trinkt den Wein aus, den der alte Freund stehengelassen hat, und überlegt, was denn nun eigentlich der alte Freund so dahergeredet hat?

Ach ja, mit seiner Frau war irgend was! Streit hat er mit ihr gehabt! Na ja, sagt man sich, das Theater ist ja nicht ernst zu nehmen! Das geht ja seit zehn Jahren so! Das kennt man ja schließlich! Das ist ja nicht neu bei denen!

Neues gibt es nur in Filmen, bei Hans und Grete! Dort tut sich was!

Nur nicht aufrechnen!

»Strenge Rechnung, gute Freunde« ist ein Lebensgrundsatz, für den ich mich absolut nicht erwärmen kann. Freundschaft, so meine ich, hat auch viel mit Großzügigkeit zu tun, da sollte man nicht bilanzieren, ob »es sich rechnet«, wie das heutzutage im Neuhochundeutsch so schön heißt.

Aber es gibt eben leider auch Freundschaften, wo der, der nicht ans »Aufrechnen« denken mag, schön langsam und mit den Jahren, ein bißchen verbittert zu rechnen anfängt. Ist ja einzusehen, daß die liebe Agnes nie Bargeld mit sich herumträgt, weil sie es viel bequemer findet, ihre Rechnungen mit den diversen »Cards« zu bezahlen. Ist auch einzusehen, daß kaum ein Taxifahrer bereit ist, zur Begleichung des Fuhrlohns dieses Plastikgeld anzunehmen! Ist sogar noch einzusehen, daß die liebe Agnes, zerstreut, wie sie nun einmal ist, diese Taxler-Abneigung gegen »Cards« immer wieder vergißt und sich von mir, wenn sie zu Besuch ist, einen Hunderter borgt, um gegen Mitternacht in einem Taxi heimzufahren! Ist aber nicht mehr einzusehen, daß sie dies, monatlich einmal, seit zehn Jahren tut, ohne mir je einen einzigen dieser Hunderter rückzuerstatten!

Eh klar, kann sie ja auch nicht, wenn sie nie Bares bei sich hat! Na schön, kleinlich soll man nicht sein, da soll man sich lieber sagen: die Freundschaft mit Agnes ist mir diesen »Hunni« pro Monat wert. Und wenn ich ihr zum Abendessen statt Spargel und Kalbsfilet und Mangocreme bloß Erdäpfelgulasch und Bier serviere, dann habe ich diesen Hunderter ohnehin eingespart!

Ärgerlich wird die Sache ja bloß dadurch, daß gerade

die Leute, die mit ihrer Freunde Geld ziemlich locker und vergeßlich umgehen, gar nicht locker und schon überhaupt nicht vergeßlich sind, wenn es um ihr eigenes Geld geht. Da sind sie plötzlich keineswegs zerstreut! Seit einem halben Jahr erinnert mich Agnes daran, daß ich ihr noch neunundneunzig »Öschis« schulde, für das Bio-Lederfett, das sie mir im Großhandel besorgt hat.

Ich stelle mich, tückisch und hinterhältig, stocktaub! Und die liebe Agnes wird immer dringlicher! Freilich, nichts wäre einfacher, als zu sagen: »Liebe Agnes, ziehe die neunundneunzig Öschis, die ich dir schulde, von den zehnmal zwölf Hundertern ab, die du mir schuldest! Und besorge mir noch hundertneunzehn Dosen Bio-Lederfett, dann sind wir quitt!«

Weiß der Kuckuck, warum ich das nicht schaffe! Aber andererseits: Was soll ich denn auch mit hundertneunzehn Dosen Bio-Lederfett anfangen?

Nur außerhäuslich!

Manche Ehepaare tragen ehelichen Zwist ausschließlich unter den sprichwörtlichen »vier Augen« aus und gehen dabei angeblich so dezent vor, daß nicht einmal die Kinder im Nebenzimmer etwas vom elterlichen Hader mitbekommen. Manche Ehepaare hinwieder toben dermaßen laut durch die Wohnung, daß die Kinder unters Bett flüchten und die Nachbarn überlegen, ob die Funkstreife zu alarmieren sei. Und manche Ehepaare belästigen die »eigenen vier Wände« nie mit Ehestreit. Den tragen sie nämlich lieber bei guten Freunden aus!

Es wäre wohl eine Unterstellung, zu behaupten, daß sie extra zum Streiten auf Besuch gehen. Es ergibt sich halt bloß so, daß sie an unserem Nachtmahltisch in Streit geraten.

Möglicherweise ergibt sich das deshalb, weil die lieben Gäste meinen, in den Gastgebern Verbündete zu haben. Üblicherweise erwartet sich der Besuchs-Herr vom Hausherrn Zustimmung, und die Besuchs-Dame erhofft sich Beistand von der Hausfrau.

Natürlich wäre es nun vernünftig, sowohl Zustimmung als auch Beistand zu verweigern und sich in gar keiner Weise in diesen Streit einzumischen, aber die Besuchs-Streiter zanken sich ja nicht wegen Problemen, die uns sehr fern liegen und uns kalt lassen. Ihr ehelicher Konfliktstoff ist meistens unserem eigenen sehr ähnlich. Wie soll die Gastgeberin gelassen und ruhig bleiben, wenn der liebe Gast seiner Frau zuzischt: »Wegen der bißchen Hausarbeit brauchst du doch nicht so ein Theater machen!«?

Wie soll der Gastgeber ruhig und gelassen bleiben,

wenn die liebe Gästin ihrem Mann zukeift: »Tagtäglich kann ich allein schon hinter dir zwei Stunden herräumen!«?

Da muß man einfach Stellung beziehen! Ist ja wahr! Ist ja typisch! Typisch Mann! Typisch Frau! Und ganz wie vorgestern bei uns! Und schon hat das außerhäusliche Streit-Paar die zwei gewünschten Sekundanten gefunden, und – hast du's nicht gesehen – streiten nicht bloß zwei, sondern vier Menschen, zäh und verbittert, kreuz und quer.

Irgendwann bricht dann der liebe Besuch auf, aber die Gastgeber streiten weiter. Sie keift: »Eh klar, daß du ihn verteidigst, bist ja aus dem gleichen Holz!«

Er zischt: »Na klaro, daß du ihr recht gibst, jammerst ja auch immer über jeden Handgriff!«

Und der liebe Besuch, der liegt zu diesem Zeitpunkt schon daheim im Bettchen, hält Händchen und murmelt einander friedlich zu: »Na, die zwei haben sich heut ganz schön angefaucht, gegen die sind wir ja wahre Lämmer!«

Keine Umstände machen Umstände

Von all den Besuchern, die bei uns für kurze oder auch längere Zeit weilen, sind mir die der größte Horror, die »unter gar keinen Umständen Umstände machen wollen«.

Zu einer Tasse Kaffee sind diese Leute nur bereit, wenn er nicht »extra« für sie aufgebraut wird, denn sie sind ja so bescheiden, daß sie dem Gastgeber nicht die Umstände eines minimalen Arbeitsvorganges zumuten wollen.

In der Praxis allerdings heißt das dann, daß der Gastgeber, auch wenn er gar nicht mag, Kaffee trinken muß, um den bescheidenen Besuch zum Mittrinken zu animieren.

Natürlich erfährt man von solchen Leuten auch nicht, was sie gern essen mögen oder essen dürfen.

Ginge es nach ihren Reden, sollte man am besten, »um sich keine Umstände zu machen«, das Nachtmahl oder Mittagessen überhaupt entfallen lassen.

Da man dies aber nicht im Sinne hat, kocht man halt auf, was einem erlesen und üppig vorkommt, und dann kann es passieren, daß der Gast vom Gegrillten nichts nimmt und diskret die Zwiebelringe aus dem Salat fischt und kundtut, daß er seit Jahren an qualvoller Gastritis leide.

Wochenendgäste, die keine Umstände machen wollen, kommen auch gern mit dem eigenen Bettzeug angefahren, was in der Praxis bedeutet, daß der Gastgeber den Gastbetten die frischen Überzüge vom Inlett reißen muß, damit die Bescheidenen ihr Mitgebrachtes überziehen können.

Von selbst versteht sich natürlich, daß die Bescheidenen von Obst und Keksen, Nüssen oder Konfekt, das in

Schüsseln herumsteht, unaufgefordert nichts nehmen. Also hat man sie alle paar Stunden einmal aufzufordern, »sich zu bedienen«.

Sollten das Gästehandtuch im Bad, das Toilettenpapier im Klo, die Zahnstocher bei Tisch oder die Lampe beim Bett fehlen, quält sich der bescheidene Gast, der keine Umstände machen will, durch, bis wir entdecken, was ihm fehlt, und Entschuldigungen stammelnd Abhilfe schaffen.

Ganz schön auf Trab halten einen die Bescheidenen, die keine Umstände machen wollen!

Sind sie endlich aus dem Haus, weiß man erst so recht den Gast zu würdigen, der auf die Frage: »Magst einen Kaffee?« antwortet: »Gern! Aber vorher hätt' ich noch gern ein Wurstbrot und ein Bier!«

Mode kontra Handke

Bereits an Kleinkindern kann man folgendes, zutiefst menschliches Verhalten feststellen: Der kleine Hansi kann einen ganzen Tag lang sehr friedlich mit dem kleinen Michi spielen. Der kleine Hansi kann auch einen ganzen Tag lang sehr friedlich mit dem kleinen Andi spielen. Kommen aber der Michi und der Andi am selben Tag zum Hansi, läuft die Sache weniger friedlich. Es gibt Streit.

Zu dritt klappt die Freundschaft nicht so recht, denn der Hansi schafft es nicht, Zuneigung gerecht auf den Michi und den Andi zu verteilen. Einer der beiden nimmt übel, fühlt sich benachteiligt und wird sauer!

Erwachsene belächeln solche Kinderkonflikte gern, aber viel besser als die kleinen Knirpse können sie in Wirklichkeit mit ihren Freundschaften oft auch nicht umgehen. Was »zu zweit« prächtig klappt, funktioniert unter Erwachsenen »zu dritt« auch oft nicht.

Da hat zum Beispiel Frau A seit Jahren Frau B zur Freundin. Frau B redet gern über Mode und Reisen.

Frau A findet diese Gespräche zweimal im Monat recht interessant und hat nichts gegen Informationen über neue Hosenlängen und Bali-Reisen.

Frau A hat aber auch Frau C zur Freundin. Die redet gern über Bücher und Psychologie.

Frau A freut sich, zweimal im Monat den letzten Handke und die Interaktionsanalyse besprechen zu können.

Ergibt es sich aber, daß Frau A die Damen B und C zum selben Termin einlädt, kommt sie, ganz wie der kleine Hansi, in Bedrängnis. Die gute B referiert über Armani-Hosen und Kreuzfahrten, die C über den Chinesen des Schmerzes und die Abschaffung des Ödipuskomplexes.

Während Frau A in der Küche neuen Kaffee braut, zischelt ihr die aufs Klo eilende B zu: »Was ist denn das für eine intellektuelle Schrauben?« Wenn Frau A den frischen Kaffee eingießt, flüstert Frau C mit Kopfdeuten zum Klo: »Hat die nur Traumschiffe im Schädel?«

Daß so ein Dreiertreffen nicht wie in Kinderkreisen mit Streit endet, liegt nur zum Teil an der Toleranz der Anwesenden. Viel Falschheit spielt die besänftigende Rolle.

Durch Blicke, Gesten und geheimes Lächeln vermittelt Frau A sowohl der guten B als auch der guten C, sie sei die »echte Freundin«, die andere sei bloß geduldig ertragene Last.

Dieses Verhalten mag zu rügen sein – da man uns das Boxen, Beißen und Heulen aber im fortgeschrittenen Alter untersagt hat, ist es immerhin eine praktische Lösung.

VON MUSTERKNABEN
UND
MISSETÄTERN...
L.A.

Was so ein Mann nicht alles weiß

In meiner Kindheit haben mich Frauen (Mutter und Großmutter) darauf trainiert, mich mit allen meinen kindlichen Wieso-warum-weshalb-Fragen an Männer (Vater und Großvater) zu wenden, wenn meine Fragen etwas schwieriger zu beantworten waren und mit Alltagsvorkommnissen nichts zu schaffen hatten.

Dieses frühkindliche Training verlief so erfolgreich, daß ich mich auch heute noch mit allen Fragen, die sich so im Leben ergeben, zuerst einmal an meinen Mann – er ist der einzige Mann im Haushalt – wende.

Früher, in unseren ersten Partnerschaftsjahren, hat mein Mann darauf ziemlich unwillig reagiert, so er um die erwartete Antwort nicht Bescheid wußte.

»Woher soll ich denn das wissen?« hat er etwa gemurrt, wenn ich von ihm den Namen einer kleinen gelben, unscheinbaren Wiesenblume erfragen wollte.

Irgendwie hatte er ja auch recht! Daß er keiner ist, der Blümchen ein besonderes Augenmerk schenkt, war ja schon nach kurzer Bekanntschaft zu ahnen.

Oft murmelte er damals auch gequält: »Bitte, das steht sicher im Lexikon! Schlag nach!« Er wollte einfach nicht einsehen, daß es seine Aufgabe sei, im Lexikon nachzuschlagen und mir dann das Nachgelesene zu übermitteln.

Mit den Jahren des Zusammenlebens jedoch hat er eingesehen, daß es unschön ist, die Erwartenshaltung seiner Ehefrau so selten zu befriedigen.

Ohne murren und zaudern beantwortet er nun alle meine Fragen, nennt mir eine exakte Jahreszahl, in der die Ostgoten auf die Westgoten stießen, nennt – ohne mit einer einzigen Wimper zu zucken – das kleine, unschein-

bare Blümlein, das ich ihm vor die Brille halte, »Wiesenschaumkraut« und erläutert mir das Schwammerl, auf das ich Auskunft heischend zeige, als »Roßtäuschling«.

Ich bin jetzt zufrieden. Obwohl es eigentlich schon sehr bedenklich ist, daß die Wälder rund um unser Haus voll von Roßtäuschlingen sind und die Wiesen voll von Wiesenschaumkraut und sich die Roßtäuschlinge und die Wiesenschaumkräuter oft auch sehr verschieden ausnehmen.

Sei's drum! Hauptsache, ich kann fragen! Das gibt Sicherheit!

Ein g'sundes Übel – diese kranken Helden

Über Leute, die sich bei minimaler Unpäßlichkeit aufführen, als wären sie sterbenskrank, ist – zu Recht – schon viel Hämisches gesagt worden. Es ist ja auch sonderlich, wenn sich einer zu Bett begibt, weil seine Körpertemperatur von 36,6 auf 36,9 gestiegen ist.

Es frustriert, dreißigmal am Tag eine lauwarme Stirn zu befühlen, nur damit es nicht heißt, man lasse einen geliebten Menschen wie den letzten Hund verkommen. Wir fühlen uns auch überfordert, wenn wir einen blauen Fleck beäugen und darüber sinnieren sollen, ob für blaue Flecken bösartigere Erklärungen als die üblichen möglich sind.

Der pflegliche Umgang mit Menschen, die um ihren Leib sehr besorgt sind, ist kein leichter.

Aber für noch schwieriger halte ich den Umgang mit Menschen, die so tun, als seien sie um ihr leibliches Wohl überhaupt nicht besorgt.

Da lege ich noch lieber dreißigmal die Hand auf eine lauwarme Stirn, als daß ich mit einem Fieberthermometer hinter einem hustenden, niesenden Menschen herjage und ihn flehentlich bitte, sich das Thermometer doch endlich unter die Achsel zu schieben, und nichts als ablehnende, böse Worte höre.

Die Meinung, man könne diese Leute ja einfach in Ruhe lassen und brauche sie nicht mit Thermometer, Tee und Umschlag zu belästigen, ist eine irrige: Unter denen, die so tun, als sei ihnen ihr Körperzustand total gleichgültig, sind gar viele, die es nicht gern sehen, wenn ihrer Umgebung ihr Körperzustand genauso gleichgültig ist.

Sie sagen zwar: »Ich leg' mich doch nicht wegen jedem

Schmarrn ins Bett!« Sie wären aber tief getroffen, würde man darauf antworten: »Ja Liebling, da hast du ganz recht!«

Sie sorgen sich nicht selbst um ihr leibliches Wohl. Sie lassen sorgen! Und schlagen damit gleich mehrere Fliegen mit einer Klappe: Sie stehen als »Held« da. Sie können sich über aufdringliche, gluckhennenhafte Pflege beschweren und entgehen trotzdem keiner liebevollen Zuwendung.

Ganz im Gegenteil.

Was der offen um seinen Leib besorgte Mensch erbitten muß, wird dem »Helden« unaufgefordert und diskret angeboten. Man weiß ja, wie schwierig er ist! Und wenn der »Held« schließlich doch mit Schnupfen und Husten und 36,9 ins Bett sinkt, tut er es ausschließlich seiner besorgten Umwelt zuliebe.

Edler kann ein Mensch wohl nicht sein!

Wahre (Männer-)Freundschaft

Die großartigsten, edelsten und tiefsten Freundschaften gibt es angeblich zwischen Männern. So eine »echte Männerfreundschaft« – das ist ein uralter Mythos unserer Kultur – ist der freundschaftlichen Beziehung zwischen Frauen absolut überlegen.

Freilich stimmt es, daß Frauen leichter mit Frauen Freundschaft schließen als Männer mit Männern, aber das besagt ja nur, daß wir Frauen viel oberflächlicher sind!

Wir suchen halt nicht das »Tiefe und Wahre« in der Freundschaft und geben uns damit zufrieden, daß wir eine weibliche Person zum Reden und Zuhören, zum Teilhaben und zur Freizeitgestaltung haben.

Freilich stimmt es auch, daß Männer untereinander viel eher über Sport, Autos, Geschäfte und Politik reden als über persönliche Probleme, während Frauen mit befreundeten Frauen über so ziemlich alles reden, was sie glücklich oder unglücklich macht. Aber was besagt das schon?

Unsereiner redet halt oberflächlich und stundenlang dahin und daher. Männer, die miteinander wahrhaft befreundet sind, haben das überhaupt nicht nötig, sie verstehen einander auch ohne viel Worte »tief und wahr«.

Ein Blick, eine coole Andeutung, eine bittere Bemerkung lassen den Freund wissen, daß der Freund Schwierigkeiten hat. Weiter nachfragen wäre allerdings der Männerfreundschaft nicht zuträglich.

Nachfragen kann der Mann ja später daheim bei seiner Frau, so diese mit der Frau des Freundes befreundet ist.

»Sag einmal«, kann er fragen, »der Otto war heute so merkwürdig, so deprimiert. Hat er was?«

Und dann informiert ihn die Frau über Ottos Sorgen, die sie von Ottos Frau detailliert geschildert bekommen hat, und der Mann lauscht ergriffen und seufzt und sagt, wie leid ihm der Otto tue, und bespricht mit seiner Frau, ob und wie dem Otto zu helfen sei.

Die Frau bespricht das dann am nächsten Tag mit Ottos Frau. Sehr lang, sehr ausführlich und ziemlich oberflächlich, versteht sich!

Und wenn der Mann dann seinen Freund Otto wiedertrifft, dann schaut er ihn an, mit einem tiefen, wahren, echten Freundschaftsblick, und spricht karg: »Geht's, Alter?« Und der Otto antwortet: »Geht schon, Alter!« Und sie sind ein Herz und eine Seele und befreundet, wie das nur Männer schaffen.

Abschalten

Auf Zeitungs-Humorseiten und in trivialen Komödien sieht man oft den lieblosen Ehemann, der beim Essen Zeitung liest. Ihm gegenüber hockt die Frau, ob dieses Ignoranzverhaltens frustriert.

Für längst vergangene Jahrzehnte dürfte dieses Bild ein realitätsnahes gewesen sein. Auch ich erinnere mich an meine Mutter, wie sie verbittert auf den hinter der ›Arbeiter-Zeitung‹ kauenden Vater starrt. Auch mein Großvater liebte die Nachtmahl-Lektüre. Einmal stach er sich mit der Gabel in die Wange, weil er – konzentriert auf den Lokalteil – den Mund verfehlte.

Heute ist der lesende Esser Schnee von gestern. Dies nicht deshalb, weil Tischgespräche in Mode gekommen sind, sondern weil beim Nachtmahl ferngeschaut wird. Man könnte ja nun sagen, beides – lesen wie schauen – sei gleichermaßen ungut; bloß das Medium habe sich geändert. Dieser Ansicht bin ich nicht.

Erstens entzog sich der lesende Esser nur der Familie, hinderte sie aber nicht am Gespräch. Glotzt jedoch einer TV, tun sich die anderen schwer, gegen den TV-Sound anzureden.

Außerdem haben Bilder eine ungeheure Sogwirkung. Wenn der Papa zum Nachtmahl den Fernseher einschaltet und mampfend in die Röhre starrt, starren bald, egal ob sie wollen oder nicht, Mama und Kinder mit.

Das ist schon reichlich schlimm. Schlimmer ist noch, daß die meisten Leute am Nachtmahlen sind, wenn die ›Zeit im Bild‹ läuft. Und da hockt dann also ein guter Teil unserer Familien, kaut und schluckt und sieht dabei nicht nur Ministerglatzen und Grundsteinlegungen,

sondern auch ineinander verkeilte Autowracks, zischende Granaten, Synagogen nach Terroristenbeschuß, Bomben auf Beirut und Tote diverser Rassen und Nationen.

Und während braunhäutige Babys mit grauenhaften Hungerbäuchen gezeigt werden, schiebt der Papa den Teller weg und sagt: »I kann nimma!« Anzunehmen, dem Papa sei wegen der Babys der Appetit vergangen, ist realitätsfern. Der Papa hört immer nach dem sechsten Fleischlaberl auf!

Ich weiß schon, daß es der Mensch nicht aushält, alles Leid und Elend der Welt wirklich wahrzunehmen. Das würde er kaum durchstehen. Er muß abschalten.

Aber wenn er schon abschalten muß, sollte er erst einmal den TV abschalten, bevor er sich antrainiert, mampfend anderen Menschen beim Krepieren zuzuschauen, ohne kotzen zu müssen. Es könnte sonst sein, daß er sich eines Tages nicht mehr als Mensch fühlt; und keine Ahnung hat, woher das kommt.

Beim Zirkus müßte man sein

Manchmal trifft man auf Leute, die man uneingeschränkt bewundert, weil sie so viel so gut können. Da hat zum Beispiel einer – wie man so schön sagt – aus dem »Nichts« sein Geschäft aufgebaut, hält es hübsch florierend, verliert nie die Nerven und den Humor, hat auch noch andere Talente, wie die Fähigkeiten, Uhren zu reparieren, Regale zu basteln, weiß sogar, wie man Geld anlegen muß, daß es mehr Zinsen als üblich trägt, versteht es, weiße mit roten Rosen zu kreuzen, und kann singen, daß jeder Popstar vor Neid erblassen müßte.

»Der kann einfach alles!« sagt man sich. »Der muß mit sich sehr zufrieden sein!«

Und dann, sei es nach dem Genuß von zu viel Rotwein oder einfach in einer mitteilsamen Stunde, sagt dieser Mensch, daß seine Talente gar keine seien, daß sie ihn zumindest nicht zufriedenstellen.

Seine ganze Sehnsucht, seit Kindertagen schon, gehöre dem Fliegen! Pilot möchte er sein! Düsenjets hoch über den Wolken zu chauffieren, das wäre die richtige Berufsarbeit für ihn! Für einen Hungerlohn würde er die ausführen und trotzdem glücklich sein.

Fast jede Nacht, gesteht er, träume er sich fliegend und sei beim Aufwachen bitter enttäuscht.

Ich kenne auch einen Mann, dessen unerfüllte Sehnsucht ist es, mit sechs Bällen jonglieren zu können. Manchmal übt er sogar mit drei Tennisbällen, und sein Hund, hat mir seine Frau erzählt, holt die entsprungenen Bälle dann freudig unter diversen Möbelstücken hervor. Seine Frau behauptet, ihr Mann würde glattweg seinen guten Job samt Aufstiegschancen sausen lassen, hätte er endlich den Trick mit den sechs Bällen heraus.

Das ängstigt die Frau etwas, denn sie sieht sich lieber als Ehefrau eines Abteilungsleiters mit Vorzimmerdame denn als Flitter-Bikini-Girl im Tingeltangel, das dem Jongleur das Handwerkszeug reicht.

Die Dame sollte sich nicht ängstigen. Träume sind nicht dazu da, Wirklichkeit zu werden. Besonders nicht die luftigen, duftigen, Erdgebundenheit und Schwerkraft verleugnenden vom Fliegen, Schweben und Springen. Sie machen uns nur das Leben ein bißchen leichter, auf daß wir, seelisch gut gepolstert mit ihnen, strebsam und erfolgreich unseren sehr realen Jobs nachgehen können.

»Warum sagt mir keiner was?«

In vielen Familien – auch in der meinen – gibt es Schwierigkeiten bei der verbalen Kontaktaufnahme.

Man fragt – zum Beispiel – ein zeitunglesendes Familienmitglied: »Was soll ich kochen?« Das Familienmitglied reagiert, als wäre es taub geboren und dieser Schaden nie behoben worden.

Da man genau weiß, daß dem nicht so ist, wiederholt man in doppelter Lautstärke. Da blickt der Mensch von der Zeitung hoch und starrt einen an. Man wiederholt also noch einmal und fügt hinzu: »Bist du taub?« Da murmelt der Mensch, bevor er wieder in die Zeitung schaut: »Ich hab' eh mit den Schultern gezuckt!«

Andere Familienmitglieder sind nicht so mundfaul, haben aber auch das Bedürfnis, einen Fragen wiederholen zu lassen. Egal, was – und wie laut – gefragt wird, sie fragen erst einmal retour. »Wie bitte?« und »Was hast gesagt?« oder schlicht: »Hhhh?« Dabei haben sie die Frage gut verstanden; was klar wird, wenn man sie nicht wiederholt. Dann antworten sie nämlich doch.

Doch nicht nur als Frager, auch als Gefragter kann man verzweifeln. Bei mir zu Hause ist einer, der sagt – zum Beispiel – zu mir: »Da fällt mir ein, ich wollte dich bitten, ob du mir ...« Ist er in dieser Bitte soweit fortgeschritten, geht er aus dem Raum und setzt im Nebenraum fort: »... vielleicht morgen, wenn du Zeit hättest ...«

Was ich morgen, wenn ich Zeit hätte, für den lieben Menschen tun sollte, erfahre ich nicht mehr, weil der gute Mensch redend ins Badezimmer wandert, von wo nur mehr dumpfes Gemurmel zu mir dringt. Da der gute Mensch die akustischen Verhältnisse der Wohnung kennt, ist zu vermuten: Er fände es schön, wenn ich wie der Flocki hinter ihm hereilte, um seine Botschaften zu erhaschen!

Und echt mysteriös ist das ungehörte Verhallen von wesentlichen Mitteilungen, die man gemacht hat. Man hat einem Familienmitglied – und man entsinnt sich noch genau seiner kopfnickenden Kenntnisnahme – erzählt, daß die Elfi Mutter wird, daß Rudis Auto kaputt ist, daß der Edi in Pension geht und Hugo geerbt hat.

Tage später dann kommt dieses Familienmitglied nach Hause und sagt, eben habe es erfahren, daß Elfi Mutter werde, Rudi kein Auto mehr habe, Onkel Edi in Pension gehe und Hugo toll geerbt habe! Ganz vergrämt ist es dann, daß man das alles schon weiß, und beleidigt murmelt es: »Und warum erfahre ich das immer als letzter? Warum sagt mir keiner was?«

Mehr als ein mattes »Hhhh?« braucht man da als Antwort wirklich nicht zu geben.

Verzweifelt über stille Hocker

Nach des Tages Müh und Plag mit Freunden zusammenzusitzen ist eine gute Sache. Gastfreundliche Leute veranstalten diese gute Sache im eigenen Wohnzimmer und verwöhnen ihre lieben Gäste, so gut sie nur können.

Allerdings haben auch die gastfreundlichsten Leute konkrete Vorstellungen von der Zeitspanne, die der Akt der Gastfreundlichkeit währen soll. Aus der Art, wie sie Einladungen aussprechen, geht das deutlich hervor.

Wer bittet, »auf ein Stündlein vorbeizuschauen«, hat anderes im Sinn als der, der zu einer »Fete mit Mitternachtssuppe« lädt. Und dem, der fürs Wochenende einlädt, »damit wir hinterher ausschlafen können«, sind üppigere Absichten zu unterstellen als dem, der für Montagabend zu einem Gläschen Wein einlädt; vor allem, wenn man weiß, daß sein Werktag um sechs Uhr früh beginnt.

So einfach das ist, manche Gäste kapieren es nicht. Sie fühlen sich wohl, und Aufbruch liegt ihnen fern. Da mögen die Gastgeber noch so indiskret gähnen und die Äuglein ribbeln!

Auch der Hausfrau hoffnungsfroher Appell: »Jetzt mach' ich noch einen Kaffee«, den alle anderen Gäste als abschließende Aktion erkennen, besagt den zähen Hokkern nichts. Sie trinken den Kaffee, fühlen sich neu belebt und wollen noch ein Gläschen Wein. Mogelt man, es sei kein Wein mehr da, sind sie bereit, aus einem Lokal Nachschub zu holen.

Die meisten zähen Hocker sind redselig. Es gibt aber auch stille Hocker, an denen man besonders verzweifelt. Mehr als: »Gemütlich ist's hier«, und hin und wieder das sinnlose Versprechen: »Nun werd' ich aber doch gehen«, kommt von ihnen nicht.

Mutige Gastgeber decken solche Hocker mit einem Plaid ab und gehen zu Bett. Angeblich serviert ihnen dann der stille Hocker das Frühstück an dieses.

Zu welcher Sorte der Hocker aber auch gehört, er ist männlichen Geschlechts! Unter den vielen Hockern, die mir frustrierte Nachtstunden bescherten, erinnere ich mich keiner einzigen Frau.

Am ärmsten sind die Frauen der Hocker. Sie mahnen, drängen, rügen, bitten und drohen: »Wenn du jetzt nicht gehst, geh' ich allein!« und bleiben dann doch, weil sie sich für den Abtransport des Partners verantwortlich fühlen. Dank ernten sie nicht. Der Hocker nimmt ihnen die »lusttötende Art« übel, die Gastgeber sind – wegen ihrer Erfolglosigkeit – auch nicht sehr angetan, und andere Gäste, die den Vorgang mitkriegen, tuscheln: »So eine fade Keifen! Kein Wunder, daß der arme Kerl nicht heimgehen will!«

Des Partners Kram wie eigenen hüten

Die Menschen, die sämtlicher Dinge, die sich in ihrem Besitz befinden, jederzeit ohne Zaudern und Suchen habhaft werden können, sind rar. Wesentlich mehr Menschen suchen einen Teil ihrer Habe andauernd und können ihn nicht finden.

Diese Leute sind arm dran, aber noch ärmer sind die, die mit so einer »Verlegerpersönlichkeit« leben, denn der, der seine Brille, seine Schlüssel oder seine Geldbörse sucht, tut dies nicht diskret und ohne die anderen damit zu belästigen, sondern lauthals klagend und um aktive Mithilfe bei der Suchaktion bittend.

Diese Hilfe kann man auch schwer ausschlagen, da solche Suchaktionen immer in Terminnot stattfinden, und man kann den Familienernährer schließlich nicht schon wieder zu spät ins Büro kommen lassen, nur weil er den Autoschlüssel nicht selber findet.

Und wenn man sich Omas verlustiger Brille nicht annimmt, versaut einem die gute Frau den ganzen Fernsehkrimi durch andauerndes Nachfragen über die optische Lage auf dem TV-Schirm. Und wenn man die Mama bei der Geldbörselsuche nicht unterstützt, findet sie es erst nach Ladenschluß vom Supermarkt, und es gibt kein Nachtmahl.

Lebenskluge Partner von ewigen »Verlegern« haben sich antrainiert, des Partners Kram wie den eigenen zu hüten. Sie sehen seine Brille, seine Schlüssel oder sein Geldbörsel wo liegen und prägen sich diese Lage genau ein. Mit überlegenem Lächeln können sie Stunden später dann eine Zeitung lüpfen und den Blick auf die Schlüssel freigeben, die Brille aus dem Nähkorb holen und die Börse aus der Brotdose.

Viel Dank ernten sie dadurch! Sie werden zu Rettern in der Not. Aber übertrieben sollte diese Tugend des Auffindens nicht werden, denn an Retter in der Not gewöhnt man sich leicht. So leicht – unter Umständen –, daß schließlich der »Verleger« seelenruhig lächelnd herumsitzt, während die übrige Familie hektisch seine Schlüssel sucht.

Wie und wo Leute suchen, gibt übrigens Aufschluß über ihre Wesensart. Verwegen Phantasievolle rücken Schränke von der Wand, wenn sie hinter Schlüsseln her sind. Die Katze könnte schließlich mit dem Schlüssel auf den Schrank gesprungen sein und ihn hinterhältig in den Spalt zwischen Wand und Schrank befördert haben.

Feste Charaktere jedoch verharren an der Stelle, wo sie, ihrer Ansicht nach, den Schlüssel abgelegt haben, und durchwühlen andauernd denselben Haufen Kram; was üblicherweise erfolgreich ist, denn meistens sind verlegte Dinge ohnehin fast dort, wo sie sein sollten.

Tattergreise

Ein Leser fragt bei mir in etwas zynischem Tonfall an, wie ich als emanzipierte Frau zu den kavalierhaften Vergünstigungen stehe, die »Herren alter Schule« schutzbedürftiger Weiblichkeit zukommen lassen und die da sind: Tür aufhalten, in den Mantel helfen, Feuer geben, Sessel zurechtrücken und stehenbleiben, bis Dame sitzt, immer auf der richtigen Gehsteigseite neben Dame herwieseln, Tasche tragen, wenn Inhalt für Dame zu schwer, und dergleichen Artigkeiten mehr.

Also: Ich stehe positiv dazu! Ich schätze es, durch offene Türen zu gehen, ein flackernd Flämmchen vor der Zigarette zu sehen, liebevoll mit Sitzfläche umhegt zu werden, schwere Taschen nicht tragen zu müssen und, falls der Gehweg schmal, die Innenseite benutzen zu dürfen. Ich bin auf freundliche Hege und Pflege sogar derart versessen, daß ich mir solche Wohltaten auch von Frauen zufügen lasse.

Aber etwas nervös macht es mich schon, wenn ein Mann nicht zum Sitzen kommt, weil mehrere Damen ihren Platz nicht und nicht einnehmen wollen. Und ein Mann, der es als seine oberste Pflicht sieht, fünf Damen, die alle ein Feuerzeug haben, mit seiner Flamme zu versorgen, wirkt auch eher störend; besonders, wenn sein Feuerzeug nicht funktioniert und ihm die Damen dauernd ihre Feuerzeuge aushändigen müssen.

Auch mit Herren, die einem allzu hurtig in Mäntel helfen, kann man seine Not haben, weil sie einen so schnell in das gute Stück hineinstopfen, daß man nicht mehr dazukommt, Mütze und Schal, die man im Ärmel deponiert hatte, vorher zu entfernen.

Und dann muß man wie ein drittklassiger Zauberer agieren, um ihrer wieder habhaft zu werden. Doch abgesehen von solchen liebgemeinten Fehlleistungen, bin ich für jedes Seid-nett-zueinander-Gehabe.

Ich scheue mich auch nicht, jungen, kräftigen Männern eine Tür aufzuhalten, falls die Klinke gerade in meiner Reichweite ist. Jedermann kann Feuer von mir haben, und findet ein Männerarm sein Ärmelloch nicht, helfe ich gern nach.

Nur lehnen das leider viele Herren ab. Sie stammeln: »Aber nicht doch!« Manche werden sogar rot. Und einer hat schon giftig zu mir gesagt: »Tattergreis bin ich noch keiner!« Darum vergreife ich mich nur an Männern, die mich so gut kennen, daß sie meinen Freundlichkeiten keine kränkenden Absichten unterstellen.

Aktion »Streicheleinheiten«

Gibt es in einer Ehe Schwierigkeiten, ist es üblich, daß sich der Ehepartner, der sich als der Schwächere sieht, Verbündete holt, was in der Praxis heißt, daß er in Krisenzeiten – zum Beispiel – nur Leute einlädt, von denen er weiß, daß sie halbwegs seiner Ansicht sind, was die Krise betrifft.

Und dann, nach dem Essen, bringt er den Konflikt zur Sprache, erzählt von der Unmöglichkeit, mit dem Partner auszukommen, von den »Wahnsinnsaktionen«, die dieser Mensch setzt, und von der Sturheit, die ihm das Leben zur Hölle macht.

So eine Situation kennen wir doch alle: Da sitzt der Ehemann und sagt: »Und gestern hat sie ...« Und die Gäste staunen: »Was? Du hast wirklich ...?« Und der Ehemann nickt, schaut seine Frau funkelnden Auges an und ruft: »Na, hast du vielleicht nicht? Streit bloß nicht ab, daß du hast ...«

Nein, die Frau kann es nicht abstreiten, sie nicht, aber sie will ihre gestrige Aktion verteidigen, will erklären, warum sie sich so verhalten hat, doch das gelingt ihr nicht, denn die Gäste fallen über sie her.

»Also nein«, ruft einer, »so kindisch kannst doch nicht sein!« Und ein anderer: »Wie kannst du nur?« Und der, der eigentlich aus uralter Tradition auf ihrer Seite stehen sollte, rügt: »Ehrlich, so geht's wirklich nicht, meine Gute!«

Blicke der Anteilnahme treffen den Ehemann, die saugt er gierig auf, verschränkt die Arme über der Brust, bekommt den zufriedenen Gesichtsausdruck, den seine lieben Züge seit Tagen entbehren mußten, locker lehnt er sich zurück und sagt: »Na! Glaubst du wenigstens ihnen? Sie sind nämlich objektiv!«

Ich halte jede Wette, daß die Ehefrau ihnen nicht glauben wird. Von einer ganzen Mannschaft heruntergeputzt zu werden, verstärkt nicht Einsichten, sondern den Groll. Der kann in solchen Situationen sogar so vehement werden, daß die Gerügte aufspringt, die Runde verläßt und dabei schreit: »Habts mich doch alle gern!«

Und dann schaut der Ehemann hinter ihr her, zuckt traurig mit den Schultern und seufzt: »Na, da seht ihr's selber! Nichts zu machen mit ihr!«

Die Gäste sehen es und sind ergriffen. Man hat ja nicht geahnt, was der arme Kerl zu tragen hat! Von da an bis zum späten Abschied kriegt der Ehemann nur mehr verbale Streicheleinheiten. Dazu war die ganze Aktion ja auch da! Wer von seinem Partner nicht gestreichelt wird, muß sich eben woanders betreuen lassen.

Der Partner wird's schon richten

Mein Vater war wahrlich kein Mensch von großer und spontaner Entschlußkraft. Besonders wenn es um eher unangenehme Entscheidungen oder Arbeiten ging, war er ein großer Zauderer und Zögerer und schob alles auf die sprichwörtliche »lange Bank«. Diesen Charaktermangel versuchte er dadurch zu einer Charaktertugend zu machen, indem er immer erklärte: »So erledigt sich einfach sehr vieles von selbst!«

Hin und wieder hatte er mit dieser Behauptung ja tatsächlich recht. Die Lateinlehrerin, die er drei Jahre lang aufsuchen wollte, um ihr mitzuteilen, daß sie eine »unfähige Pädagogin« sei und seiner Tochter Genialität nicht zu würdigen wisse, ging eines Tages in den wohlverdienten Ruhestand, wodurch sich sein Vorhaben »von selbst« erledigte.

Und die Reparatur des verstopften Waschbeckens erübrigte sich, als ich es aus kindlicher Unachtsamkeit mit einer Sodawasserflasche zu Scherben schlug.

»Na! Hätt' ich mich vielleicht gegiftet, wenn ich das gestern repariert hätt'!« kommentierte mein Vater diesen Vorfall.

Seine Behauptung allerdings, es sei klug gewesen, den Stockzahn nicht plombieren zu lassen, als er sich diesen Zahn an einer Brotrinde ausbiß, erschien mir schon als Kind etwas verwegen. Aber ich hätte ihn nie darauf hingewiesen, daß ein plombierter Zahn gar nicht zerborsten wäre, denn ich hatte viel Verständnis für meines Vaters Lebensart. Meine Mutter hatte dieses Verständnis nicht. Sie war dafür, Unangenehmes »hinter sich zu bringen«.

So eine Einstellung hat natürlich allerhand für sich,

denn wer nicht gleich am Donnerstag zum Zahnarzt geht, muß oft am Sonntag mit wilden Schmerzen und dicker Wange den Notdienst aufsuchen.

Und wer zwischenmenschliche Aussprachen von einem Tag auf den anderen verschiebt, hat nur üble Träume und entkommt ihnen trotzdem nicht.

Aber mit Vernunftgründen kann man »Verdrängern« nicht beikommen. Sie sind ja nicht aus Bosheit so, sie schaffen das Leben einfach nicht anders. Und gottlob leben sie oft mit Partnern, die diese Einstellung »fix und fertig« macht, die da »nicht zuschauen« können und dann etliches von der »langen Bank« holen und aufarbeiten. Nur echt schade, daß sie für den Partner nicht auch zum Zahnarzt gehen können!

Ein Frauenfreund

Unser lieber Freund Hugo hat einen enervierenden Tick, den er selbst allerdings keineswegs als solchen ansieht, sondern als Anzeichen einer vitalen Männlichkeit, die verbalen Ausdruck finden muß.

Freund Hugo steht unter dem Zwang, jedes weibliche Wesen zwischen fünfzehn und fünfzig, welches er erblickt, taxieren und kommentieren zu müssen. Wobei es ihm natürlich weder um der weiblichen Wesen geistige oder seelische Qualitäten geht, sondern ausschließlich um deren Körperlichkeit. Und üblicherweise nimmt er diese auch nur vom Halse abwärts wahr. Frauenköpfe, so scheint es, erregen sein Interesse nicht sehr. Es sei denn, er kann ihnen einen »Schlafzimmerblick« attestieren.

Schon im zarten Alter von vierzehn Jahren hatte der liebe Hugo diesen Tick und frönte ihm tagtäglich zur Mittagszeit. Da liebte er es, mit zwei gleichgesinnten Knaben vor der Mädchenschule Aufstellung zu nehmen und die enteilenden Schülerinnen, teils lobend, teils abfällig, aber jedenfalls lauthals, auf ihre körperlichen Reize hin zu beurteilen. Ganz so, als ob es gelte, eine von ihnen anzukaufen. Spezielles Wohlgefallen wurde mit anerkennenden Pfiffen gekrönt, spezielles Mißfallen mit hämischem Gekicher. Hin und wieder zog er sogar eine Lehrperson in seine Beurteilung ein. »Von hinten Lyceum, von vorne Museum«, brüllte er einmal der Frau Turnlehrerin hinterher und hätte sich dadurch fast eine Ohrfeige eingehandelt.

Nun ist der liebe Freund Hugo sechzig Jahre alt. Fast alle Haare hat er verloren, fast alle Zähne auch, aber den Tick hat er behalten! Trifft man ihn auf der Straße und

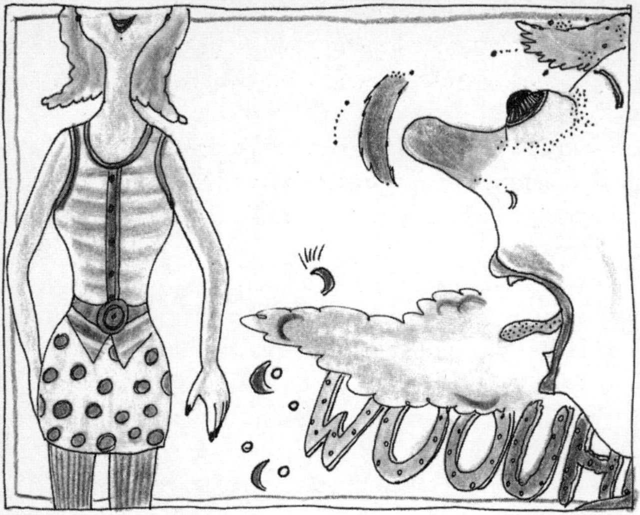

geht mit ihm ein Stück des Weges, hat man an jeder zweiten Straßenecke anzuhalten, um Hugo Gelegenheit zu geben, sich nach vorbeieilenden Frauen umzudrehen und Statements abzugeben, wie: »Also, die wär' eine Sünde wert!« Oder: »Ein toller Hüftschwung, alle Achtung!« Und: »Jede Menge Holz vor der Hütten, aber leider kein gutes Fahrgestell!«

Übrigens ist der liebe Hugo verheiratet. Seit vierzig Jahren. Und seiner Ehefrau ist sein Tick natürlich keineswegs verborgen geblieben. In den ersten Ehejahren, sagt sie, habe sie sich darüber geärgert. Weil sie gedacht hatte, ihr Hugo hege Wünsche erotischer Natur, über das Taxieren und Kommentieren hinaus. Und wolle auch »kaufen«! Wollte er aber nie! Hugo war stets ein hundertprozentig treuer Ehemann! Fragt man Hugos Ehefrau, wie es zu erklären sei, daß ein Mann, der unentwegt Beine, Brüste, Hüften und Taillen ausmacht, die »einer Sünde wert« sind, diese Sünde nie begeht, dann lächelt Hugos Ehefrau melancholisch und murmelt: »Glaube kaum, daß er noch weiß, wie das überhaupt geht!«

Wenn ich mich recht erinnere: Der liebe Hugo hat es auch seinerzeit nicht gewußt, das »Drüber reden« hat ihm stets gereicht.

Kleines Dummerl

Für manche Menschen gehört es zum Schwierigsten im Leben, zuzugeben, daß sie bei einer bestimmten Sache im Unrecht waren. Ob es sich dabei um eine schwerwiegende Angelegenheit mit bösen Folgen oder um eine lächerliche Kleinigkeit ohne weitere Bedeutung handelt, spielt für diese Leute fast keine Rolle.

Ihnen unterläuft kein Fehler! Sie machen keine Dummheit! Sie haben den optimalen »Durchblick« und irren nie!

Werden dieser Menschen Fehlleistungen und irrige Meinungen und ihr falsches Verhalten in gewissen Situationen dann doch offenkundig, arbeiten sie mit allen Tricks, die ihnen zur Verfügung stehen, mit viel Beredsamkeit und noch mehr Hinterlist, um die Sache doch noch zu drehen, daß sie – zumindest – »nicht ihr Gesicht verlieren«.

Sie verdrehen alles komplett, streiten, lügen, tun beleidigt und klammern sich an ihr »Rechthaben« wie der Nichtschwimmer im offenen Meer an den Rettungsring.

Daraus ergibt sich natürlich, daß es für viele andere Menschen, für die, die mit solchen rechthaberischen Leuten zusammenleben, zum Schwierigsten im Leben gehört, bei einer bestimmten Sache recht zu haben. Da müssen sie dann nämlich unheimlich sensibel und schlau vorgehen; sonst hängt der Hausfrieden schief – wenn er nicht gar von der Wand fällt!

Es ist sehr verständlich, aber auch sehr unklug, wenn die Frau des rechthaberischen Mannes im Falle von absolut erwiesenem Unrecht des Partners hämisch grinsend sagt: »Na siehst du! Ich hab' es ja gleich gesagt!«

So ein Verhalten verträgt der arme Mann nun wirklich nicht.

Aber einfach die Sache schweigend übergehen, ist nicht richtig. Da liest dann der arme Mann aus dem stummen Blick seiner Frau ein enormes Ausmaß an Vorwurf oder Schadenfreude heraus.

Wohlwollender und freundlicher, wenn auch ziemlich verlogener Zuspruch bewährt sich immer noch am besten. Man kann sagen, daß sich da fast jeder sehr intelligente Mensch geirrt hätte, daß man selber eigentlich bloß rein irrtümlich der richtigen Meinung war. Und daß – rein theoretisch gesehen – die irrige Meinung eigentlich die viel logischere gewesen sei!

Sicher, derart behandelt man seinen Partner wie ein kleines Dummerl! Aber wenn er eines ist, wie soll man ihn denn sonst behandeln?

Der Anfang ist gemacht!

Meine Freundin Anna und meine Freundin Marie sind sich selten miteinander einig. Über alles und jedes sind sie geteilter Meinung. Bloß wenn es um Ehemänner geht, da sind sie ein Herz und eine Seele!

»Rollenfixierte Geschöpfe«, sagt Marie, und Anna nickt zustimmend.

»Müssen immer ihre Männlichkeit unter Beweis stellen«, sagt Anna, und Marie ergänzt: »Verleugnen alle weiblichen Anteile ihrer Psyche!«

Und dann tönen sie im Duett: »Darum wollen sie auch partout keine weiblichen Tätigkeiten ausüben und keine weiblichen Tugenden annehmen!«

»Der meine«, spricht Marie, »hat nicht einmal einen Kinderwagen geschoben, das hätte seine Männlichkeit verletzt!«

»Der meine«, spricht Anna, »weigert sich, seine Hemden zu bügeln, das ist Frauensache, meint er!«

»Und daß meiner manchmal Angst hat, würde er nie im Leben zugeben«, spricht Marie. »Nur Frauen haben nämlich Angst!«

»Und meiner hat sich sogar das Weinen verboten«, spricht Anna. »Tränen sind nämlich unmännlich!«

Und dann tönen die beiden wieder brav im Duett: »Aber wir Frauen müssen uns jede Menge männlicher Eigenschaften zulegen. Wir sollen unseren Mann stehen! Und wann denkt endlich ein Mann daran, seine Frau zu stehen?«

»Einige tun's ja schon!« unterbrach ich unlängst die zweistimmige Klage, schob meinen lieben zwei Freundinnen eine aufgeschlagene Illustrierte zu und wies auf ein paar große, bunte Fotos, auf denen Männer im Frisiersalon zu sehen waren. Männer mit Lockenwicklern, Männer unter der Haube, Männer mit Hennabrei im Haupthaar, Männer mit Haarsträhnchen in Alufolie gewickelt.

Und dann las ich der lieben Marie und der lieben Anna aus dem zugehörigen Textbeitrag vor, daß sich die Zeiten geändert haben und sich nun auch Männer, ganz ohne Bedenken, im Frisiersalon der gleichen Behandlung unterziehen wie Frauen.

Na, da lachten aber Marie und Anna drauflos. Besonders das glutäugige Männerexemplar unter der Trockenhaube hatte es ihnen angetan. »Ha, ha, ha«, kreischten sie, »unter die Haube ist er gekommen! Unter die Haube! Ein Wahnsinn!«

Schnepfen, die! Da fangen nun Männer endlich an, ihre Frau zu stehen, und dann ist es Marie und Anna auch wieder nicht recht.

SPIEGLEIN, SPIEGLEIN AN DER WAND...

Puzzle-Sucht

Manche Neigungen können zu Leidenschaften werden, die fast Suchtcharakter annehmen. Und nicht selten wird man davon ohne Vorwarnung befallen.

Gut zehn Jahre – zum Beispiel – stieg ich emotionslos über halbfertige Puzzles meiner Töchter: höchstens, daß ich mich über die herumliegenden Werkstücke ärgerte.

Dann, eines unschuldigen Tages, wieder einmal einen 5000-Stück-Mordillo übersteigend, blickte ich zu Boden und sah ein Stückchen blitzblauer Pappe mit fünf Ohrwascheln, und – ganz ohne Absicht – sah ich auch im begonnenen Puzzle die Stelle, an die das blitzblaue Pappestück gehörte.

Ich ließ mich auf die Knie nieder und legte das Pappestück an und war einer Leidenschaft mit Suchtcharakter verfallen. Trotz üppig anliegender Arbeit blieb ich auf den Knien und puzzelte vor mich hin, bis mich meine Tochter mit dem Hinweis, daß das ihr Puzzle sei und daß ich mich aufführe wie der »Papa mit der Eisenbahn«, vertrieb.

Hierauf ging ich wochenlang mit Sehnsuchtsaugen an Auslagen, in denen Puzzles lagen, vorbei. Eines frustrierten Tages sagte ich mir, daß sich jeder Mensch seine Wünsche erfüllen sollte, und erstand so ein Riesending.

Von da an nahm mein Interesse an Haushalts- und Berufsarbeit rapide ab. Stieg ich, von der Schreibmaschine zum Klo eilend, über mein Puzzle, hatte es mich schon in seinen Bann geschlagen. Vom Klo zurückkehrend, fand ich den Weg zum Schreibtisch nicht mehr. »Nur zehn Minuten«, redete ich mir ein und schreckte schuldbewußt zusammen, wenn drei Stunden später ein Familienmitglied das Zimmer betrat.

Sogar auf meinen alten Kater, dem ich ansonsten alles verzieh, wurde ich bitterböse und schimpfte ihn, wenn er mein Arbeitsstück als Ruhelager benutzte.

Und dann, eines Morgens – und ich kapiere heute noch nicht, wieso – stand ich auf, tappte durch mein halbfertiges Puzzle zum Bad, zerstörte es dadurch und schaufelte gegen Mittag die 5000 Teilchen in die Schachtel zurück und ging, ohne an einen einzigen Ohrwaschelstein zu denken, an mein Tagewerk.

Seither greife ich kein Puzzle mehr an. Auch wenn es hin und wieder lockt.

Ich bin, aus welchen Gründen weiß ich nicht – kuriert. Doch die Sucht, ich spüre es, könnte wieder aufflammen. Ein blitzblaues Steinchen zwischen den Fingern, und ich wäre verloren!

Im Fettnäpfchen

Taktlosigkeiten können absichtlich gesetzt oder ohne Arg begangen werden. Erstere mögen, wegen der kränkenden Absicht, die gemeineren sein, aber vernichtender wirken die ungewollten Taktlosigkeiten.

Sagt man, voll Hinterhalt, mit sanft gebremstem Hohn zu jemandem, den man bisher glatzig kannte: »Ach, dir sind ja Haare gewachsen!«, wird das der Herr nicht als nett empfinden. Sitzt dieser Herr aber in einer Runde, die rätselt, welch psychischen Defekt einer haben muß, der nicht im Glanze seiner Glatze außer Haus geht, fühlt er sich sicher noch mieser.

Ganz peinlich wird es, wenn einer aus der Runde plötzlich mitten im Satz stockt, erschrocken starrt und dann verbal den Rückzug antritt, worauf die anderen kapieren, daß ein Toupetträger unter ihnen weilt, und stotternd beteuern, man könne Herrentoupets auch anders sehen, und Männer sollten die gleichen Rechte auf Locken haben wie Frauen.

Der Schaden ist nicht mehr gutzumachen! Der Toupetträger verläßt vorzeitig die Runde, und man murmelt betreten: »Oh, wie peinlich! Hätte ich das geahnt, kein Wort hätte ich gesagt!«

Solche Peinlichkeiten sind zu vermeiden, indem man ein prüfend Auge auf seine Gesprächspartner wirft, bevor man den Mund auftut. Dann passiert es nicht, daß man vor 100-kg-Leuten über Freßsucht, vor kleinen Männern über den Napoleon-Tick der Zwerge und vor Leuten mit S-Fehlern über »Zuzler« redet. Doch selbst wer solch taktvolle Aufmerksamkeit trainiert hat, hat erst eine kleine Hürde genommen, denn man kann einem Menschen ja nicht ansehen, ob ihm – zum Beispiel – die Tochter durchgebrannt ist. Also redet man locker davon, daß immer die Eltern schuld haben, wenn sich Kinder falsch entwickeln.

Oft allerdings könnte einem einer aus der Runde diskrete Hinweise geben. Aber die unterbleiben meistens, weil durchschnittlich gemeine Menschen nichts so sehr genießen wie die prickelnde Atmosphäre, die entsteht, wenn jemand harmlos im Fettnapf herumtritt und nicht ahnt, was er da wem antut.

Das merkte ich unlängst, als ich mich über die Dummheit einer Dame ausließ und mein Freund A. lüsterne Glitzeräuglein bekam, die ich mir nicht deuten konnte. Erst hinterher wurde mir der Glitzerblick klar. Da sagte er mir nämlich: »Ja, hast du denn wirklich nicht gewußt, daß der Herr zu deiner Linken mit dieser Dame verheiratet ist?«

Nein, wahrlich, das hatte ich nicht!

Heiße Schlacht um kalte Milch

Folgende Situation wird meinen geneigten Leserinnen nicht gänzlich unbekannt sein:

In einer Greißlerei stehen drei Frauen vor der Budel und eine Verkäuferin hinter der Budel. Die Verkäuferin reicht einer der Frauen Wechselgeld, die mit Wechselgeld bedachte Frau entfernt sich, und die beiden verbleibenden Frauen rufen im Chor und wie aus einem Munde: »Einen Liter Milch, bitte!«

Da lächelt die Verkäuferin matt, hebt bedauernd die Schultern und spricht: »Ich weiß wirklich nicht, wer zuerst an der Reihe ist!«

Und wieder im Chor und wie aus einem Munde rufen die beiden Frauen vor der Budel entrüstet: »Ich bin zuerst dran!« Dabei schauen sie einander bitterböse an.

Aktiv nehme ich an so einer Szene nie teil, weil ich zu den langsamen Menschen ohne »Ellbogen« gehöre, die immer doppelt so lange aufs »Drankommen« warten müssen, wie ihnen zustünde. Aber als objektive Beobachterin solcher Szenen genieße ich sie und wette dann immer mit mir, welche der beiden Frauen das größere Durchsetzungsvermögen haben wird.

Zu neunundneunzig Prozent liege ich mit meiner Wette richtig. Die Dame, der man den Liter Milch zuerst aushändigt, ist an ihren Gesichtszügen zu erkennen! Der Wille zum Sieg ist in dieses Gesicht eingemeißelt, ganz gleich, ob sie erst siebzehn oder schon siebzig Jahre alt ist.

Ihr Blick, ihre Stirnfalten, auch die zwei Falten von den Nasenflügeln zum Kinn hin besagen: Ich lasse mir nichts gefallen! Mit mir springt keiner um! Ich setze mich

durch! Die Frau hingegen, die im Kampf ums »Drankommen« unterliegen wird, hat etwas sehr Leidendes im Gesicht, etwas, das sagt: Da sieht man es wieder, immer bin ich das Tupferl! Keiner nimmt Rücksicht auf mich, die Welt ist schlecht!

So haben aber letztlich beide Frauen Lustgewinn aus der Konfrontation. Die eine hat wieder einmal ihre Durchsetzungskraft bewiesen, die andere hat wieder einmal einen Beweis für die Bösartigkeit der Welt. Daß beide Frauen nach gewonnener bzw. verlorener Schlacht dann irgendwo an Straßenecken herumstehen und tratschen und es gar nicht mehr so eilig haben, ist nicht weiter verwunderlich.

»Drankommen« und es eilig haben sind zwei verschiedene Probleme.

Mahnende Kastentür

Ich kenne einen großen, weißen Vorzimmerschrank, dessen eine Tür ist – bis zur halben Höhe – rot angemalt. Daß das kein innenarchitektonischer Gag, sondern nicht fertiggestellte Arbeit ist, sieht man am zittrig-zackigen Abschluß des roten Stückes. Seit Jahren ist dieser Schrank so. Weil in der Wohnung aber sonst nichts auf lotterhafte Einstellung zur Arbeit hinweist, fragte ich nach und erfuhr:

Die Schrankbesitzerin hatte vor Jahren Streit mit ihrem Mann. Sie warf ihm an den Kopf, was man Männern nach langer Ehe an den Kopf werfen kann – ein Teller war auch dabei –, rief dann, sie hasse den Mann, und wollte die Scheidung.

Der Mann packte ein paar lebensübliche Dinge, sagte, man möge die Scheidungsklage an die Adresse seiner Mutter senden, denn dorthin begebe er sich jetzt – und verließ die Wohnung.

Die Frau gratulierte sich zur längst fälligen Entscheidung und begann die Zukunft zu planen. Aus dieser Beschäftigung riß sie eine Verkehrsmeldung im Radio, die besagte, daß auf der A 1, nahe Ybbs, ein Verkehrsunfall passiert sei. Die Mutter, zu der sich der Mann hatte begeben wollen, wohnte in der Nähe von Ybbs. Und die Frau wußte, daß der Mann zum »Schnellfahren« neigte. In der Zeit, die man braucht, um eine Zigarette zu rauchen, setzte sich in ihr die Meinung fest, ihr Mann sei der Unfallfahrer.

Und dann merkte sie beklommen, daß ihr der Streit mit dem Mann plötzlich unsinnig erschien und daß die Liebe zu ihm so taufrisch in ihr wogte wie am ersten Tage!

Bebenden Herzens rief sie die Schwiegermutter an. Dort meldete sich niemand. Die Frau legte es dahingehend aus, daß die arme Frau bereits am Unfallorte sei. Dann rief die Frau bei der Polizei an, drückte sich aber – erregt und verzweifelt – so sonderlich aus, daß man ihr bloß sagte, sie möge in einer Stunde wieder anrufen.

Die Frau stand die Stunde, untätig sitzend, nicht durch. Sie wanderte durch die Räume, kam an einer Dose Lack samt Pinsel vorbei. Wohl wissend um das Sinnlose der Sache, öffnete sie die Dose, tauchte den Pinsel ein und strich die Schranktür. Ein Hauch von Beruhigung war in dieser Tätigkeit. Die Frau malte, bis die Wohnungstür aufging und der Mann, sanft nach Wein riechend, eintrat und sagte, er liebe sein Weib und könne sich von ihm nicht trennen!

Seither hat der Schrank die rote Tür. Als Mahnmal, sagt die Frau. Ein paarmal, sagt sie, habe sie der Anblick der Tür in allerletzter Minute daran gehindert, einen normalen Ehekrach in eine Ehe-Auflösungs-Orgie entarten zu lassen. Dafür, sagt die Frau, könne man ein häßliches Kastentürl schon aushalten!

Was wollte ich Ihnen heute bloß sagen?

Viele Leute sind nie so recht mit den Gedanken bei der Sache, die sie gerade erledigen, sondern gedanklich meilenweit von dieser Tätigkeit entfernt.

Solche Leute decken – zum Beispiel – einen Nachtmahltisch, überblicken ihr Werk, stellen fest, daß der Salzstreuer fehlt, und eilen in die Küche, um ihn zu holen, und stehen dann mit gerunzelter Stirn und nachdenklichem Zeigefinger an der Nase in der Küche herum und wissen nicht mehr, was sie holen wollten.

»Ich wollte doch was! Was wollte ich denn nur?« murmeln sie.

Aber solange sie auch stehen und soviel sie auch murmeln, es fällt ihnen nicht mehr ein. Sie müssen zum Nachtmahltisch zurückkehren, neuerlich das ganze Arrangement überblicken und den Salzmangel frisch entdecken.

Besonders unkonzentrierte Exemplare können unter Umständen sogar im zweiten Durchgang scheitern. Erst wenn sie dann beim Nachtmahl sitzen und die Suppe etwas »fade« finden, erinnern sie sich, warum sie mehrmals den Weg zur Küche hin eilten.

Ähnlich ergeht es diesen Leuten manchmal auch mit einem Ding, das sie in der Hand halten. Sie staunen es verwundert an und haben komplett vergessen, zu welchem Unterfangen sie es an sich genommen haben. Oder es fällt ihnen etwas zu spät ein.

Wie mir etwa, als ich mich mit einer Plastiktragtasche voll Kalbsknochen, Staubsaugermist und Erdäpfelschalen in der Straßenbahn sitzend vorfand.

Tiefe, weltbewegende Gedanken waren es nicht, die

mich damals davon abgehalten haben, den Mistsack vor Verlassen des Hauses im großen Mistkübel zu deponieren. Ein winziger Tratsch mit dem Briefträger im Stiegenhaus hatte genügt, alle »Mistgedanken« in meinem Hirn zu löschen.

Es war ziemlich peinlich für mich, die indignierten Blicke der anderen Straßenbahnfahrgäste zu ertragen.

Noch beschämter, als mir damals zumute war, kann nur mehr der lieben, alten Dame zumute gewesen sein, als sie mitten im Schönbrunner Schloßpark von hilfreichen, aber äußerst indiskreten Menschen darauf hingewiesen wurde, daß sie den zur Kostümjacke passenden Rock augenscheinlich zu Hause vergessen hatte.

Und daß sie nun unten »ziemlich ohne« dem Palmenhaus zuschritt.

Schätzen Sie doch, wie alt ich bin

Einen gewaltigen Schrecken jagen mir immer die Leute ein, die sich vor mir in Positur stellen, ein gewinnendes Lächeln um ihre Mundwinkeln zucken lassen und fragen: »Na, schätzen Sie einmal! Für wie alt halten Sie mich denn?«

Dann sage ich meistens: »Ach, wissen Sie, ich bin überhaupt nicht gut im Altereinschätzen« und tue so, als ob es mir schon schwerfiele, ein Kleinkind von einem Murmelgreis auseinanderzuhalten.

Doch die Leute, die so gern auf ihr Alter geschätzt werden wollen, sind hartnäckig. Stur fragen sie weiter und lassen nicht locker und wollen mich zwingen, etwas zu sagen, was ich gar nicht meine und glaube, denn es ist ja nicht so, daß der aktive, sonnengebräunte Mittvierziger ohne Bauch erfreut wäre, wenn ich ihn auf Mitte Vierzig oder gar auf Anfang Fünfzig einschätzte. Er will ja von mir hören, daß ich ihm höchstens, aber auch allerhöchstens, fünfunddreißig Lenze zubillige.

Mildtätig mogeln kann man natürlich. Aber Erfolg hat man damit auch nicht immer. Man schaut die Dame an, die sich unbedingt schätzen lassen will, aufmerksam schaut man sie an, am Haaransatz unter den blonden Locken sieht man schlohweißen Nachwuchs blitzen, die Fältchen am Hals sieht man auch und die mit Make-up verdeckten Tränensäcke.

Man läßt den Blick nach unten gleiten, straff ist es dort, wo das Mieder sitzt, weniger straff wabbert allerhand unter dem Kleid – dort, wo die Oberschenkel sind, und an den nackten Unterschenkeln erkennt man die typischen Male einer nicht ganz geglückten Krampfadernverödung.

Sechzig ist sie, denkt man und spricht, ohne schamrot zu werden: »Fünfzig werden Sie sein, denke ich!«

Aber das rundliche Gesicht der Dame hellt sich nicht auf. Nein, die Mundwinkel sinken, Gram trübt ihren Blick.

»Die meisten Menschen schätzen mich für jünger ein«, sagt sie pikiert und wendet sich ab. Freundin hat man da keine neue geworben!

Einzige Ausnahme auf dem Gebiet der Alterseinschätzung: Kinder und Jugendliche unter sechzehn Jahren!

Die fragen einen zwar nie, für wie alt man sie denn eigentlich halte, aber verschätzt man sich an ihnen ungefragt und gibt ihnen fälschlich ein, zwei Jährchen Lebensalter mehr, erntet man glückstrahlende Blicke.

Durchschnittlich normal

Lore sagt von Moni: »Die Moni hat ja einen Putzfimmel!« Moni sagt von Lore: »Die Lore ist ja irrsinnig schlampig!«

Von sich selbst sagen jedoch sowohl Lore als auch Moni: »Ich habe einen durchschnittlichen Sauberkeitssinn und eine ganz normale Ordnungsliebe!«

Die Schwiegermutter von Moni hingegen kann bloß gequält seufzen, wenn sie vernimmt, daß jemand ihrer Schwiegertochter einen »Putzfimmel« unterstellt. »Schön wär's!« murmelt sie. Ihrer Meinung nach läßt Moni nämlich den Haushalt, samt Ehemann, verlottern und verludern.

Und die Tochter von Lore bekommt Staunaugen, wenn sie hört, daß jemand ihre Mutter für schlampig hält. »Schön wär's«, murmelt auch sie. Ihrer Meinung nach ist ihre Mutter nämlich ein echter Putzteufel. Und auch die Lore-Tochter und die Moni-Schwiegermutter halten sich selbst, was Sauberkeit und Ordnung betrifft, für »ganz durchschnittlich normal«.

Bei kaum einer Sache des Alltagslebens gehen die Ansichten darüber, was »normal« ist, so voneinander ab wie beim Thema »Putzfimmel – Schlamperei«.

Einer fühlt sich nur wohl, wenn es dort, wo er lebt, vor Sauberkeit blitzt und funkelt, nichts herumliegt und Fußbodenwachsduft die Nase umschmeichelt. Ein anderer findet so einen häuslichen Zustand zum »Davonrennen«. Er braucht »urgemütliches Chaos« zum Wohlfühlen.

Für einen ist es »normal«, Untertassen als Aschenbecher zu nehmen, Türklinken als Kleiderbügel zu benutzen und unter dem Sofa ein Altpapierlager zu errichten.

Ein anderer fühlt sich getrieben, seine Schuhe parallel zueinander und im rechten Winkel zur Garderobenwand abzustellen.

Nun könnte man ja sagen: Soll eben jeder nach seiner Art glücklich werden! Aber das geht halt leider nicht, weil in den meisten Familien Menschen vom Schlage der Lore-Tochter und der Moni-Schwiegermutter miteinander auskommen müssen. Und dann fühlen sich die Putzteufel von den Schlampsäcken terrorisiert und die Dreckfinken von den Ordnungsneurotikern. Und jeder meint, sein Los sei am schwersten zu ertragen.

Subjektiv gesehen mag das auch so sein, aber objektiv betrachtet ist klar: Die Schlampigen sitzen am längeren Ast! Eine Wohnung blitzsauber zu putzen dauert Stunden. Sie wieder in einen Saustall zu verwandeln, schafft man in ein paar Minuten.

Völlig unmöglich also, daß der Familien-Putzteufel schlußendlich der Sieger bleibt.

Es plappert die Mutter …

Heute morgen erwachte ich um ein wenig weniger verschnupft, als ich gestern abend röchelnd entschlummert war. Das erfüllte mich mit Freude. Ich stieg aus dem Bett und sagte zur Katze, die sich am Fußende des Bettes gähnend streckte: »Na, Süße, gehen wir frühstücken?«

Aber die Süße konnte mich nicht verstehen, weil ich jeglicher Stimme bar war. Ich war nicht heiser, ich flüsterte nicht, ich krächzte nicht, ich war stumm!

Zuerst dachte ich, der Schaden sei leicht mit etlichen Schlucken Frühstückskaffee zu beheben, was ein Irrtum war. Nun ist es bereits Nachmittag, und ich kann noch immer nicht reden. Mehr als ein tiefes, grollendes Grunzen, der Sprache der Hausschweine nicht unähnlich, ist meiner Kehle nicht zu entlocken.

Da ich meinen stummen Zustand bloß für einen grippebedingten, vorübergehenden halte, bin ich nicht weiter bekümmert; ich bin nur unerhört erstaunt, weil mir plötzlich bewußt wird, wie gern und wie viel ich normalerweise rede. Unentwegt will ich den Personen um mich herum irgend etwas mitteilen oder sie etwas abfragen.

Ich könnte natürlich meine Fragen, Kommentare und sonstigen Bemerkungen schriftlich niederlegen und sie meinen Hausgenossen unter die Nase halten, doch das fällt mir schwer, weil ich feststellen muß, daß nichts von dem, was ich äußern will, von großem Belang ist. Derartige Nichtigkeiten schreibt man einfach nicht auf.

Lauter Plunder will ich reden. Nichts als unnötiges Gequatsche! Und zu den Fragen, die ich gestellt hätte, wäre ich bei Stimme, weiß ich ohnehin zu neunzig Prozent die Antworten. Und neunzig Prozent der Mitteilungen, die ich gemacht hätte, wäre mein Kehlkopf nicht indisponiert, wären für meine Hausgenossen keine Neuigkeiten gewesen.

Der Zettel, den ich mir zurechtgelegt habe, um mit meiner Familie die Kommunikation aufrechtzuerhalten, ist noch immer leer. Und ganz ungewohnt still ist es im Hause. Anscheinend bin normalerweise ich es, die lautstark redend und fragend Wirbel macht und gesprächiges Familienleben erzeugt.

Was mir besonders peinlich an der Angelegenheit auffällt, ist dies: Direkt heiter und gelöst schauen heute meine Hausgenossen aus! Ganz so, als freuten sie sich über einen unverhofften, erholsamen Tag!

Lange Abende

Vernünftige Menschen begeben sich am Abend, nachdem sie dreimal gegähnt und ihr Tagewerk ohnehin schon erledigt haben, zu Bett. Dort leisten sie sich dann noch ein paar friedliche Gedanken und schlafen hernach brav ein.

Unvernünftige Menschen tun dieses nicht. Sie gähnen dreimal, sie gähnen noch dreimal, aber sie halten die Stellung im Wohnzimmer tapfer! Dumpf starren sie auf den Fernsehschirm, wo sich Dinge abspielen, die sie überhaupt nichts angehen. Verbissen versuchen sie, ein Kreuzworträtsel zu lösen, obwohl die müden Hirne bereits die Finger zu Hilfe nehmen müssen, um herauszubekommen, aus wie vielen Buchstaben das Wort »Regen« besteht.

Ist der unvernünftige Mensch weiblichen Geschlechts, neigt er auch gern dazu, knapp vor Mitternacht mit einem Knäuel Wolle und zwei Stricknadeln zu hantieren und sechzig Maschen anzuschlagen und zwei glatt, zwei verkehrt zu stricken, ohne zu wissen, was exakt aus dem Gestrick werden soll.

Und wenn der unvernünftige Mensch zum Stricken und zum Kreuzworträtsellösen bereits zu schlaff ist und der TV-Apparat die Bundeshymne auf beiden Kanälen schon hinter sich gebracht hat, dann greift der unvernünftige Mensch zum nächstbesten Zeitungsblatt und läßt seine schlafkleinen Äuglein über »Zi-Kü-Ka, monatl. 3000,-« und »Carmen, Oberweite 120!« gleiten, bis sich dann die Äuglein komplett schließen und die Inseratenseite zu Boden flattert.

Ein Stündchen später erwacht der unvernünftige Mensch dann fröstelnd, erhebt sich vom Wohnzimmerstuhl und darf endlich, endlich ins Bett tappen und fragt sich, einschlafend, warum gerade ausgerechnet er zu dieser fatalen Menschensorte gehören muß! Aber bevor er sich auf diese Frage eine Antwort geben kann, ist er eingeschlafen.

Die Antwort ist ja auch nicht leicht. Mit »Bin halt ein Nachtmensch«, ist sie nicht zu beantworten, denn Nachtmenschen wachen vital und gesellig, aktiv und putzmunter, die dösen nicht der Mitternacht entgegen und kämpfen verzweifelt gegen den Schlaf an.

Apropos Kampf! Da ist vielleicht die Antwort zu finden. Könnte es nicht sein, daß die Unvernünftigen noch immer den uralten Kinderkampf ums »Nicht-ins-Bett-Müssen« führen? Und diesen Kampf, mangels einer Mama, die ein »Machtwort« spräche, bis zum bitteren Ende durchstehen müssen?

Dunkler Punkt der Freizeitgestaltung

Es ist an der Zeit, einen dunklen Punkt meiner Freizeitgestaltung aufzudecken.

Über drei Jahrzehnte war ich total immun gegen diese Art von Freizeitgestaltung, obwohl sie meine Mutter seit eh und je mit Heftigkeit betrieben hatte. Nicht einmal Verständnis dafür brachte ich auf. Naserümpfend motzte ich darüber, und wenn Besuch kam, schämte ich mich und verbarg die sichtbaren Zeichen meiner Mutter abwegigen Betätigung im finsteren Wohnzimmerwinkel.

Niemand sollte erfahren, welchen unmöglichen Gelüsten die gute Frau nachgeht! Und nun hat es mich selber ereilt!

Es begann an einem einsamen Abend, an dem ich zu müde fürs Stricken, zu müde fürs Fernschauen, zu müde für alles war – und trotzdem nicht einschlafen konnte. Da griff ich zum erstenmal zum »Fürsten-Roman«!

Seither bin ich den »ergreifenden Schicksalen aus dem Hochadel« verfallen. Tagelang, manchmal wochenlang, kann ich abstinent bleiben. Aber dann, eines müdmatten Abends, springt mir ein von meiner Mutter zerlesener Stapel Fürsten-Schund ins Auge, gierig packe ich ihn und versinke bis weit über Mitternacht in Stammschlösser, die Prinzen mit Hilfe von Vernunftehen ihren Geschlechtern erhalten müssen, und in wilde Leidenschaften, in denen der Verdacht auf Inzest dräut, weil die Geliebte die weggelegte außereheliche Tochter sein könnte.

Nicht nur die ergreifend lebensfernen Geschichten sind mir Labsal, ich verehre auch die Sprache der 60-Seiten-Erfolgsautorinnen. Wo kann man denn sonst noch so Schönes lesen wie: »... Ungestüm betrat der Fürst die

Konditorei und forderte herrisch: ›Für drei Mark Kuchen!‹ ...«

Meine Familie gibt vor, keinerlei Verständnis für mein Fürsten-Laster aufbringen zu können. Wie ein exotisches Käfigtier betrachtet man mich, wenn man mich über den Prinzen und die Namenlose gebeugt vorfindet. Und ich geniere mich dann auch gehörig.

Ein Rätsel bleibt allerdings, wohin meine 60-Seiten-Lektüre andauernd entschwindet. Kaum lege ich mir ein rosenumranktes Hochadelsschicksal aufs Nachtkastel, ist es futsch! Ich könnte ja einmal der Sache auf den Grund gehen und in und unter den Betten der Menschen, die mit mir in einem Haushalt wohnen, Nachschau halten. Fast bin ich mir sicher, dort meine »Namenlose« zu finden.

Aber ich bin milde geworden. Ich habe auch für geheime, verschwiegene Laster Verständnis.

Zwei Mäntel, ein Drama!

Voriges Jahr, im Herbst, stieg meine Freundin Berta in Linz in den Zug, um nach Wien zu fahren. Sie fand ein Abteil, in dem nur eine Dame saß, und gesellte sich zu dieser. Die Dame las Zeitung und zeigte sich nicht gesprächsbereit. Als der Zug in Amstetten hielt, erhob sich die Dame, nahm einen Kamelhaarmantel vom Haken zur rechten Seite ihres Sitzplatzes und schlüpfte in diesen, nahm hierauf einen Trenchcoat vom Haken zur linken Seite ihres Sitzplatzes und zog diesen über den Kamelhaarmantel. Dann wieselte sie, einen Gruß murmelnd, aus Abteil und Zug. Berta blickte ihr versonnen nach und dachte: Ach, das war aber eine enorm verfrorene Dame!

Als der Zug durch Ybbs fuhr, betrat eine andere Dame Bertas Abteil. Eine ohne Mantel! Die Dame schaute sich entsetzt um und rief: »Wo ist mein Kamelhaarmantel?«

Sie sei, erklärte sie, für ein Stündchen im Speisewagen gewesen und habe ihren Mantel im Abteil hängen lassen.

Berta erzählte der Dame, was sich zu Amstetten zugetragen hatte. Da machte ihr die Dame arge Vorwürfe und gab ihr die Schuld am Mantelverlust. »Wer«, fauchte sie, »trägt denn schon zwei Mäntel übereinander. So naiv wie Sie zu sein, gehört ja verboten!«

Und dann sagte sie noch, das sei eben die heutige Zeit, jeder kümmere sich nur um sich selber und keiner schere sich um den anderen!

Berta nahm sich das sehr zu Herzen!

Vorige Woche nun, an einem trüben Tag, saß Berta im Kaffeehaus, und wie sie – an der Melange nippend – ins Lokal blickte, sah sie eine Dame beim Kleiderständer.

Die hatte einen Mantel an und war gerade dabei, über diesen einen zweiten zu ziehen.

Da fiel Berta das Zugserlebenis ein! Sie sprang auf, stellte sich der Dame in den Weg und forderte sie auf, den unteren Mantel herauszurücken!

Worauf die Lokalbesitzerin zur doppelt Bemäntelten sagte: »Entschuldigen Sie, Frau Hofrat!« Und zu Berta sagte sie: »So mißtrauisch wie Sie zu sein, das gehört ja verboten!«

Und der Ober klärte Berta darüber auf, daß die »liebe Frau Hofrat« bei schlechtem Wetter stets ein Ballonseidenmäntelchen über dem Kamelhaarmantel zu tragen pflege.

Während Berta hurtig die Flucht ergriff, sprachen Ober, Lokalbesitzerin und Frau Hofrat im Chore, daß dies eben die heutigen Zeiten seien, jeder stecke seine

Nase in anderer Leute Angelegenheiten, anstatt sich um den eigenen Mist zu kümmern!

Jetzt denkt Berta ans Auswandern. In ein heißes Land, wo niemand einen Mantel trägt.

Wir sind leider kein Naturvolk mehr

Irgendwo bei Neuseeland gibt es eine Insel, dort lebt ein – wie man so nett sagt – von der Zivilisation unentdeckter Eingeborenenstamm. Die Angehörigen dieses Stammes arbeiten, teils weil sie bescheiden sind, teils weil sie auf fruchtbarem Boden leben, nur zwei Stunden am Tag. Sie sind also, im Zivilisationsjargon unserer Breiten ausgedrückt: Freizeitmillionäre!

Freizeit, sagt man, werde in dräuender Mikroprozessoren-Zukunft unser aller gähnendes Problem sein. Da liegt doch die Frage nahe, was der arbeitskarge Eingeborenenstamm den ganzen Tag tut und ob wir uns daran kein Beispiel nehmen könnten?

Das ferne Naturvolk widmet seine Freizeit den Träumen. Nach ausgedehntem Frühstück erzählen alle, was sie geträumt haben. Dann findet »Traumarbeit« statt. Man interpretiert die Träume und arbeitet sie auf.

Na, wär' das was? Oder haben Sie Bedenken?

Ich habe welche! Bloß ein knappes Achtel meiner Träume – grob geschätzt – halte ich für hemmungslos erzählbar. Ich hege den Verdacht, gewisse Details meiner Träume, Bezugspersonen zur Kenntnis gebracht, könnten deren Zuneigung zu mir etwas verringern. Meine Träume fremden Deutungen preiszugeben, halte ich für eine Zumutung.

Ist mir selber schon unerklärlich, wieso ich mit dem Herrn Pivonka, der mir in wachem Zustand nur Ärgernis ist, eine zärtliche Ehegemeinschaft träume, was würde erst meine Umwelt für Schlüsse ziehen? Ich habe im Traum auch schon am Begräbnis eines nahen Verwandten teilgenommen; und dies ohne größere Gemütsbewegung.

Meine heitersten Träume sind die, in denen ich überhaupt keine Familie besitze, und einmal, in einem Traum, traf ich eine verhaßte, ehemalige Schulkollegin, die stellte mir ihren Mann und ihre Kinder vor, und ich war erfüllt von schadenfroher Genugtuung, weil die Vorgestellten mein Mann und meine Kinder waren.

Solche Träume sind nicht unverfänglich genug, um sie nach dem Frühstück zu erzählen! Und sicher geht das nicht nur mir so. Leute, die mir Geträumtes berichten, plötzlich stocken und murmeln: »... und dann, dann weiß ich nicht weiter ...«, wüßten sehr wohl weiter! Sie schweigen bloß, besorgt um ihre zwischenmenschlichen Beziehungen.

Ich kenne einen Mann, den irritierten die Träume seiner Frau so, daß er sich scheiden lassen wollte. Als die Frau hierauf die Träume bei sich behielt, wurde er noch böser. Schließlich ging sie dazu über, ihm Träume zu erfinden. Womit die Ehe gerettet war.

Wir sind halt leider kein Naturvolk mehr!

Reden Sie auch gern über Abwesende?

Sitzen gute Freunde in gesprächiger Runde beisammen, bereden sie nicht nur die eigenen seelischen und körperlichen Zustände, sondern auch – und das meistens noch viel intensiver – das Befinden nicht anwesender Leute, die ebenfalls dem Freundeskreis angehören.

Manche Gesprächsrunden gehen da sehr simpel vor und »tratschen« einfach nach Herzenslust drauflos. Andere Gesprächsrunden sind aus wesentlich sensibleren Personen zusammengesetzt und haben etwas gegen »Tratsch«.

In so einem Kreise wird nicht glucksend und kichernd berichtet, daß sich Freundin Susi einer kosmetischen Operation, ihre Hängebrüste betreffend, unterzogen hat. Da wird besprochen, welche tiefen und frühkindlichen Konflikte Freundin Susi zu diesem Schritt getrieben haben und daß dieser Schritt leider noch keine Lösung ihrer Konflikte sein kann.

Doch ganz gleich, ob »sensible« oder »tratschende« Runde; man ist sich hier wie dort einig, daß Freundin Susi mit den neuen Brüsten und dem alten Bäuchlein nackend ein sonderbarer Anblick sein muß!

Sowohl die guten als auch die üblen Neuigkeiten aus dem Leben eines guten Freundes erfahren wir meistens nicht vom guten Freund selbst, sondern von einem guten Freund des guten Freundes.

Und wenn uns der gute Freund schließlich doch beichtet, daß er sich in ein außereheliches und ehestörerisches Verhältnis mit einer gewissen Fufi verstrickt habe, können wir sein Vertrauen nicht dadurch enttäuschen, daß wir sagen: »Aber mein Guter, das wissen wir doch schon seit Wochen!«

Und daß die gewisse Fufi – die wir übrigens noch nie gesehen haben – seit letztem Sonntag ein blitzblaues Auge auf einen ganz anderen Herrn geworfen hat, können wir dem guten Freund auch nicht sagen.

Erstens geht es uns schließlich ja wirklich nichts an. Zweitens könnte sich der Freund, der das erzählt hat, auch geirrt haben. Drittens würde der gute Freund dann wissen, daß sein und der gewissen Fufi Liebesleben im Freundeskreis als abendfüllender Gesprächsstoff gehandelt wird.

Und viertens brauchen wir ja wieder ein bißchen Gesprächsstoff für die Freundesrunde. Die weiß ja überhaupt nicht, daß der gute Freund noch nicht weiß, was wir alle schon längst wissen.

Hirn und Herz im Zwiespalt

Vor einem Vierteljahrhundert, in sehr jugendlichen Tagen, vertrat ich die Ansicht, ein erwachsener Mensch, der »bewußtseinsmäßig« auf sich hält, dürfe nicht mehr an Besitztum horten, als er in seinen beiden Händen jederzeit wegtragen könne. (So habe ich das damals natürlich nicht formuliert. Damals hieß das: Nur ein kleinkarierter Spießer sammelt Klumpert an!)

Zehn Jahre später war schon etliches in meinen Privatbesitz eingegangen, was meiner jugendlichen Ansicht nach nur kleinkarierten Spießern zustand und nicht in meinen zwei Händen abzutransportieren war. Aber ich tröstete mich damit, daß mein Herz an diesen Dingen ja nicht echt hänge, daß ich das »Klumpert« jederzeit und ohne mit einer einzigen Wimper zu zucken, hergeben könnte.

Seit etlichen Jahren habe ich keinen einzigen Gedanken mehr an dieses Problem verschwendet, doch nun hat es sich ergeben, daß ich umziehe. Ich ziehe nicht weit, bloß von einer Wohnung des Hauses in eine andere.

Aber mein Hab und Gut in Schachteln tun, um es treppab zu transportieren, muß ich doch, und da stellt sich nun heraus, daß ich – abgesehen von allerlei Möbeln – soviel an Besitztum gehortet habe, daß ich es nicht einmal in zwanzig Händen wegtragen könnte. Und das Ärgste ist, daß mein Herz an diesem Klumpert hängt! Mein Hirn ist entsetzt darüber.

Willst du, liebes Herz, fragt mein Hirn, diese uralte leere Weinflasche tatsächlich übersiedeln? Ei freilich, liebes Hirn, sagt mein Herz. Schließlich haben wir die Flasche mit Otto-Hans geleert, und das war ein bedeutender Abend, und diese Flasche erinnert uns daran!

Okay, meinetwegen, sagt mein Hirn frustriert, und ich wische Staub von der Flasche und lege sie in den riesigen Karton zu den Postern und den Fotos, den Blechdosen, dem Gartenzwerg, der Kugelrechenmaschine, der Strohente, dem Vogelkäfig, den alten Geldbörseln und all dem anderen Klumpert.

Frohen Herzens tue ich das, aber das Gewissen ist bedrückt. Anscheinend fühle ich mich meinen Jugendidealen noch immer sehr verpflichtet.

Böse Folgen einer gutgemeinten Frage

Trifft man auf Leute, die man gut kennt, aber schon längere Zeit nicht mehr gesehen hat, ist man hin und wieder über ihr Aussehen erstaunt und tut dies, ohne viel nachzudenken, auch kund.

Ist das Erstaunen ein eher positives und wird mit Worten wie »Du schaust aber wirklich sehr gut aus« formuliert, kann man zwar manchmal auch zur Antwort bekommen, daß der »Schein trügt« und sich der gutaussehende Mensch »hundsmiserabel« fühle, aber üblicherweise erntet man doch Wohlwollen und merkt, daß man mit seinem Kompliment richtiggelegen ist.

Beschwingter als bei der Begrüßung verabschiedet sich der Mensch, dem wir ein junges oder gesundes, ein gutes oder ein zufriedenes Aussehen attestiert haben.

Viel problematischer ist es allerdings, wenn man jemanden trifft, der einem müde oder traurig, krank, nervös oder vergrämt vorkommt. Die ehrliche und besorgte Frage: »Geht es dir nicht gut?« kann Folgen haben, die nicht beabsichtigt waren, wenn man sie an Leute stellt, die sich weder müde noch traurig, weder krank, nervös noch vergrämt vorkommen.

Bis zu unserer besorgten Frage haben sie sich »gut« gefühlt, doch nachdem sie sich von uns verabschiedet haben, sitzt der Wurm in ihnen und bohrt. Wie schau ich denn aus, bohrt der Wurm, daß der (oder die) sagt, ich schau nicht gut aus?

Bei der nächsten Auslage, die Spiegelglas anzubieten hat, bleibt der arme Mensch stehen und mustert sich! Wirklich, sagt er zu seinem Spiegelbild, gut schaust du nicht aus! Blaß, müd, direkt krank!

Und dann, weitergehend, fällt ihm ein, daß er in der Nacht schlecht geschlafen hat. Und wie er aufgewacht ist, war sein Mund so trocken. Und eigentlich fröstelt ihn auch, obwohl er doch richtig angezogen ist. Und das Kreuz tut ihm auch weh. Und eigentlich müssen das gar nicht wirklich die Bandscheiben sein! Schmerz kann ja auch ausstrahlen!

Beim Franzi war's auch so! Von »Seitenstechen« hat er immer geredet und daß man deswegen nicht zum Arzt gehen muß, und dann ist er drei Monate im Spital gelegen!

Richtig elend fühlt sich der arme Mensch, wenn er heimkommt; es sei denn, er begegnet noch knapp vor der Haustür einem edlen Menschen, der ihm sagt, wie »gut« er heut ausschaut!

Wie man beim Zeitsparen Zeit vertut

Ziehe ich einen Rock an und sehe, daß ihm – unten beim Saum – ein Faden heraushängt, ziehe ich den Rock wieder aus, schaue nach, wo der Faden herkommt und befestige ihn dort mit Hilfe einer Nähnadel. So agiere ich allerdings nur, wenn ich nicht in Eile bin.

Bin ich in dieser, bücke ich mich, reiße den Faden ab und stehe dann in einem frivol geschlitzten Kittel da, weil der Faden, an den ich geraten bin, ein für den Zusammenhalt des Rockes dringlich nötiger war.

Habe ich viel Zeit, hole ich den Topflappen, auch wenn er zwei Meter entfernt liegt, um mit ihm den heißen Topf anzufassen. Bin ich unter Zeitdruck, spare ich die drei Schritte ein und nehme statt des Lappens den Schürzenzipfel.

Da der Schürzenzipfel aber weniger isoliert als der Lappen, schaffe ich es nicht, den brennheißen, randvollen Topf ruhig zu tragen. Ich stöhne, fürchte, den Topf fallen zu lassen, erreiche gerade noch den Ort, an dem ich ihn deponieren will, atme auf, weil ich das quälende Ding gleich los sein werde, setze es zu ruckartig ab, und viel Suppe schwappt über den Topfrand auf den gedeckten Tisch.

In ruhigen, gelassenen Stunden würde ich nie wagen, sechs Eier ohne Behältnis, bloß in meinen schmalen, feingliedrigen Händen, zu tragen.

In hektischen Minuten jedoch erscheint es mir möglich, und dann bewege ich mich, hilflos Eierchen jonglierend, durch die Küche und kann froh sein, daß die Küche einen Fliesenboden hat, der leicht von glitschigem Ei zu reinigen ist.

Üblicherweise sind in solchen Situationen auch keine Ersatzeier vorhanden, und vor Wut über die Sauerei, die man angerichtet hat, stößt man mit dem wischenden Besen noch gegen die Glasscheibe der Küchentür, und die bekommt einen Sprung.

Endlos wären die Beispiele, wie man Zeit vertut, wenn man Zeit einsparen will, aufzulisten. Drei Dutzend »echte deutsche Lustspielsituationen«, in die ich mich durch übertriebene Hast manövriert habe, fallen mir ohne viel Nachdenken ein, denn heute habe ich einen ruhigen, friedlichen Tag.

Aber morgen, wenn ich wieder einmal glauben werde, daß man in einer Stunde Essen kochen, aufräumen, viermal telefonieren und einer Geschichte ein pointenreiches Ende schreiben kann, werde ich es wieder vergessen haben.

Nicht einmal einfallen wird mir, daß es eigentlich überhaupt nicht nötig ist, einen Kuchen zu backen, wenn die Zeit knapp ist.

Wer fürchtet sich vor einer Spinne?

Was einen Menschen in Angst und Panik versetzt, pflegt individuell sehr verschieden zu sein, wenn man von den großen, weltbedrohenden Schrecknissen einmal absieht.

Viehzeug aller Arten, zum Beispiel, erzeugt Menschen Angst. Doch warum einer gerade vor einer ganz bestimmten Sorte Getier panischen Schrecken hat, weiß er nicht zu sagen.

Manche Leute versuchen ihre Angst zu rationalisieren. »Weil mich als kleines Kind ein Dackel gebissen hat«, erklären sie, wenn sie eines leinelosen Hundes wegen die Straßenseite wechseln.

Und ihre rasante Flucht vom Schanigarten ins Innere des Lokals kommentieren sie mit den Worten: »Ich bin nämlich als Baby von drei Wespen gestochen worden!«

Dem ist jedoch entgegenzuhalten, daß es eine Menge gestochener und gebissener Personen gibt, die keine Angst vor Hunden und Wespen haben. Und bei den Spinnen etwa zieht das schon gar nicht; die stechen nicht und beißen nicht.

Zu beobachten ist ferner, daß zwar unter denen, die sich vor ein und derselben Sorte Getier fürchten, füreinander Verständnis vorhanden ist, daß aber über jene, die gegen anderes Getier allergisch sind, der Kopf geschüttelt wird.

Bekomme ich den panisch geweiteten Flackerblick, weil eine dicke Spinne am dünnen Faden vor meiner Nase baumelt, ergreift meine Tochter das Spinnenvieh, trägt es behutsam zum Fenster, schubst es sorgsam hinaus und spricht: »Jetzt dreh nicht durch! Mach dich nicht lächerlich!«

Brummen aber in ihrem Zimmer drei grünblaue Schmeißfliegen, holt sie mich kreischend zu Hilfe, und ich sage genau das gleiche, was sie mir zu Spinne gesagt hat.

Und beobachten wir beide jemanden, der ob eines mittleren Hundes aschfahl bebt, zwinkern wir uns belustigt zu. Und daß irgendwer vor unseren fauchenden, kratzenden, allerliebsten Katzen Angst haben könnte, erscheint uns absurd. Die sind doch keine Fliegen und keine Spinnen!

Wie es meinem Mann mit Getier ergeht, fällt mir ein, weiß ich nicht. Er klatscht Schmeißfliegen tot, trägt Spinnen weg, geht auf große Hunde zu und wachelt mir Wespen vom Glas. Das muß er! Seine Frau und seine Töchter fordern ihn im Bedarfsfalle an. Ganz schön verdutzt wären wir, würde er wegen einer Maus auf den nächstbesten Sessel klettern!

Er hat seine männliche Rolle zu spielen. Und die schließt Angst vor Kleingetier aus. Angst vor einem Löwen, die würden wir ihm zugestehen. Aber Löwen kommen bei uns nicht vor!

Wenn man als weibliches Wesen hin und wieder recht deprimiert ist, weil es mit der Gleichberechtigung der Frauen so langsam vorangeht und die Frauen noch immer das benachteiligte Geschlecht auf Erden sind, dann sollte man, um sich wieder Mut zu machen, mehr fernschauen und sich dafür die alten Filmlustspiele vormerken, die uns der ORF, in seiner Güte, regelmäßig beschert.

Speziell die amerikanischen und die österreichisch-deutschen Uraltschinken eignen sich vorzüglich als Emanzipationsmutmacher.

Hat man so ein heiteres Machwerklein hinter sich, kann man sich genüßlich zurücklehnen und zufrieden sagen: »Ach, liebe Schwestern, wir haben doch allerhand geschafft! Es ist weitergegangen, vorwärts und aufwärts! Denn heutzutage würden es kein Drehbuchautor und keine Regie wagen, dem Publikum derart hirnlose ›Trampeln‹ als weibliche Helden ihrer Filme vorzusetzen!«

Da zieht ein Blondchen siebenmal pro Lustspiel retour zu ihrer Mama, weil sie auf der Jacke ihres stein- und beintreuen Ehemannes ein rotes Haar gefunden hat, da hält eine junge Ehefrau einen uralten Liebesbrief der eigenen Mutter an den eigenen Vater für ein aktuelles und obszönes Schreiben an den eigenen Ehemann, da verwechselt ein weibliches »Dummbauchi«, hübsch, aber mit nichts im Hirn unter dem Hütchen, einfach alles und jedes und läßt sich von der intriganten Freundin die niedlichen Ohren gehässig vollblasen und verzehrt sich in total unbegründeter Eifersucht, bis der kluge »Herr des Hauses« endlich kapiert, woran sein grenzdebiles Hascherl leidet, und ein liebendes Machtwort spricht.

»Ach, wie dumm war ich doch«, stammelt dann das Dummbauchi, und der Ehemann schüttelt milde lächelnd das Haupt und wischt ihr eine Zähre aus den fast schon getrösteten Blauaugen.

Manchmal muß er allerdings auch streng werden, wenn sie bockbeinig darauf besteht, ihn verlassen zu wollen. Dann brüllt er: »Ja, ja, aber vorher hörst du mir zu!«

Und sie, verwirrt ob der brüllenden Männlichkeit, lauscht und begreift endlich – ja, ja, eine feste Hand braucht jede Frau! – und kann ihm erlöst in die Arme sinken.

So ungefähr – oder noch idiotischer – hatte es der deutsch-österreichische Uraltfilm, Sparte Ehekomödie, gern.

Die Amerikaner hingegen hatten es damals mit dem »Geheiratetwerden«. Wie da die – meistens blonden – Depperln durch den Film stolpern und gierig darauf warten, daß »Er« endlich »den Antrag macht«, ist schlicht ergreifend.

Macht er ihn dann, können sie es fast gar nicht fassen. »Sag das noch einmal«, flüstern sie, und wiederholt er es, werden ihnen die Augen vor Glück feucht.

Intelligente Frauen gibt es in solchen Filmen natürlich auch. Die sind daran zu erkennen, daß sie eine Brille, einen Haarknoten, Wollstrümpfe, Haferlschuhe und tweedene Röcke haben, und dafür kriegen sie – ätsch! – auch keinen Mann ab!

Schaut man sich als sehr erwachsene Frau so ein »urkomisches« Ding an, kommt man auch ins Sinnieren über die eigene Person.

Sapperlot, sagt man sich, das hab' ich vor dreißig Jahren

schon gesehen. Und damals hab' ich das einfach lustig gefunden!

Sapperlot, darf man sich dann sagen, alle Achtung, Hut ab, ich bin auch weitergekommen!

Ratschläge für Schnullerbenützer

Kinderliebend sind die Österreicher ja gerade nicht, dafür aber haben sie ein ausgeprägtes Interesse an Kindererziehung. Sie stehen jederzeit mit Ratschlägen bereit.

Jede Mutter, die schon einmal ein brüllendes Kleinkind im Einkaufswagen durch den Supermarkt geschoben hat, weiß das. Von der Forderung, dem armen »Wurm« doch die Windel zu wechseln, bis zur Ermahnung, Kindertrotz durch »ein paar drauf« im Keim zu ersticken, kann man da alles hören.

Ignoriert man die Ratschläge, wird die Umwelt aktiv und erziehlich; oft mittels Zeigefinger, die entweder zum »Killekille« gekrümmt oder zum drohenden »Du-du-du« geschwenkt werden.

Fruchten auch diese Zeigefingereinsätze nichts, wendet sich die Umwelt empört von Mutter und Produkt der »fortschrittlichen Erziehung« ab.

Man könnte nun sagen, Kindergeplärr nervt eben viele Leute, und sie mischen sich bloß in die mütterliche Erziehungsarbeit, um das Geschrei abzustellen. Dem widerspricht jedoch, daß auch total stille Kinder unentwegt belästigt werden.

Typisches Beispiel: der Schnuller!

Seit Jahrzehnten verfolge ich staunend, wie Schnullerbenützer, wenn sie über das Babyalter hinaus sind, von wildfremden Menschen verfolgt werden. Da heißt es: »Pfui! So groß bist! Und hast einen Zuzi!« Und: »Geh, schenk mir doch den Luli!« Oder zur Mutter: »Mit Seif' einreiben, dann spuckt er ihn aus!«

Viele Beispiele für den Miterziehungsanspruch der Umwelt könnte man noch auflisten. Der von mir gestern erlauschte möge für alle stehen: »Sagen S' dem Kind doch, daß's den Mund zumacht, sonst kriegt's Halsweh!«

Das Schreckliche an der Sache ist, daß nur sehr selbstbewußte Mütter grinsend die Miterzieher überstehen. Die meisten jungen Mütter legen sich zwei Sorten Erziehungsstil zu. Einen für zu Hause und den Freundeskreis. Und einen ganz anderen für: Einkaufen, Spazierengehen, Straßenbahnfahren und andere Tätigkeiten, bei denen man der Umwelt ausgeliefert ist.

Oberflächlich gesehen, erscheint das mutternervenschonend; ist es aber nicht!

Denn der Knirps – zum Beispiel –, dem vor der Supermarkttür der Schnuller entzogen wird, reagiert hinterher im Laden drinnen mit Geplärr. Und die arme Mutter ist zwar den Schnuller-Ratschlägen entgangen, bekommt aber nun welche über Geschrei und dessen Abstellung.

Ausweg aus diesem Dilemma erscheint mir der Satz, den ich einmal von einer bedrängten Mutter hörte: »Bitte, nicht rangehen! Er beißt!«

Einblick in fremdes Familienleben

Dort, wo ich als Kind wohnte, gab es, im Haus gegenüber, eine alte Frau, der sagte man nach, sie beobachte Tag und Nacht mit einem scharfen Operngucker die gegenüberliegende Häuserfront und nehme so an etlichen Familienleben intimen Anteil.

Zu diesem Zwecke, hieß es, habe die alte Frau extra zwei Gucklöcher in ihren schönen Spitzenvorhang geschnitten. Damit ihre hinterlistige Beschäftigung nicht durch ein Lüpfen des Vorhanges allzu auffällig werde.

Frei erfunden dürfte diese Unterstellung der Anrainer nicht gewesen sein, denn diese alte Frau konnte tatsächlich erstaunliche Details über die diversen Familien im Haus gegenüber kundtun; und sie tat es auch.

Ich erinnere mich noch gut meiner jugendlichen Verblüffung, als ich einmal hustend und niesend bei der Milchfrau stand und jene alte Frau rügend zu mir sagte: »Christerl, das kommt davon, weilst immer ohne Nachthemd schlafst!«

Das war in den ersten Nachkriegsjahren, und das waren günstige Zeiten für den geheimen Zeitvertreib der alten Frau, weil damals die grünen, hölzernen Jalousien, die an den meisten Fenstern montiert waren, aus Altersschwäche nicht mehr funktionierten und auch dicke, einblickverwehrende Stoffvorhänge beim Durchschnittsbürger kaum vorhanden waren.

Damals bekamen auch die Leute ohne Operngucker und ohne gesteigertes Voyeurinteresse ziemlich viel vom Familienleben derer, die ihnen gegenüber wohnten, mit.

»Halb eins ist es, die Meier setzen sich zum Mittagessen«, war eine tägliche Zeitansage meiner Großmutter.

Und wenn ich nicht ins Bett gehen wollte, zeigte Mutter zum Haus gegenüber und sagte mahnend: »Schau, der Franzl liegt auch schon im Bett!«

Heutzutage wird uns das Frühstück und das Mittagessen und das Zubettgehen der Vis-à-vis-Menschen durch Rollos und Jalousien und Vorhänge und Gardinen aller Arten und Sorten entzogen.

Sicher ist das ein enormer Fortschritt, der uns unheimlich viel zudringliche Belästigung erspart. Aber ein ganz kleines bisserl Trost und Zuwendung geht dadurch auch verloren. Sehr lieb habe ich nämlich aus Kleinkinderzeiten die Opernguckerfrau in Erinnerung, wenn sie mir auf der Gasse ein Zuckerl schenkte und dazu sagte: »Weil deine Mama dich gestern so ausgeschimpft hat!«

Mutters Triumph

Meine gute Mutter hat etwas in der Küche, das familienintern »das süße Loch« genannt wird. Dieses süße Loch ist eine Vertiefung in der oberen Mitte ihrer altmodischen Küchenkredenz, wo eigentlich eine Brotdose ihren festen Platz haben sollte.

Seit vielen Jahren jedoch hat meine Mutter keine Brotdose mehr dort, sondern hortet Kekspackungen, Konfektschachteln, Dropsrollen, Drageebeutel und Zuckerlsäcke an diesem Orte.

Jeder in der Familie schüttelt über dieses picksüße Hamsterlager milde den Kopf und wehrt entschieden ab, wenn ihn meine Mutter auffordert, sich daraus zu »bedienen«.

Meine Mutter selbst konsumiert auch eher selten Süßwaren aus ihrem Depot.

Trotzdem schrumpft das Lager manchmal ganz gewaltig, und im süßen Loch ist dann nichts mehr außer einem verstaubten Sack Zitronenschnittenbruch.

Die Annahme, da sei eine hungrige Kinderhort-Abteilung am Werke gewesen, ist eine grundfalsche.

Die Annahme, daß da wieder einmal einer aus der Verwandtschaft eine Abmagerungskur macht, ist hingegen goldrichtig!

Warum ein abmagerungswilliger Mensch zwar sämtliche Köstlichkeiten eines guten Restaurants unberührt lassen kann und sich dort mit einer mickrigen Salatplatte zufriedengibt, hinterher aber vor dem »süßen Loch« der klebrigen Versuchung nicht widerstehen kann und im Rekordtempo mampft, ist mir rätselhaft.

Klar ist mir aber, daß meine gute Mutter ihr Süßwarendepot einzig und allein zu dem Zweck unterhält, abmagernde Familienmitglieder an ihrem Hungervorsatz, den sie für einen sehr üblen hält, zu hindern.

Möglich wäre auch, daß die armen, schuldbeladenen Mampfer gar nicht vor Keksen, Drops und Gummibärlis kapitulieren, sondern vor dem drängend-zwingenden Blick meiner Mutter!

So einen triumphierenden Blick jedenfalls, wie ihn meine Mutter bekommt, wenn einer in ihrer Küche seine siebentägige Hungerkur abbricht, bekommt nicht einmal der gierigste Wirt, wenn ein Gast nach dem Dessert noch einmal die Speisekarte verlangt und sich ein komplettes Menü bestellt.

Merke daher: Wer hungern will, vermeide vorübergehend Besuche bei seiner Mutter!

Straßenbahnfahrt

Unlängst stieg ich in eine Straßenbahn, setzte mich auf einen freien Platz und schlug meine Zeitung auf. Mir gegenüber saß eine alte Frau. Ich schaute über den Rand der Zeitung auf die alte Frau. Ich schaute mir ihr Gesicht an. Die alte Frau, fand ich, hatte ein »gutes Gesicht«. Ich attestierte ihm: Kein leichtes Leben, aber mit viel Anstand gelebt!

Die alte Frau merkte meine Blicke über den Zeitungsrand, lächelte mir zu und sagte: »Ich war gerade im Theater. Das ›Sparschwein‹ haben sie gespielt!« Und dann erzählte sie mir schwungvoll und mit leuchtenden Augen den Inhalt des Theaterstücks.

Sie erzählte mit sehr lauter Stimme. Ich ließ die Zeitung sinken und lauschte. Die anderen Leute um uns herum jedoch erstarrten zuerst einmal.

Der dicke Herr neben mir erholte sich als erster und fragte mich leise: »Kennen S' de Oide?« Ich schüttelte dezent den Kopf, da sagte er laut: »De Oide spinnt!« Ein Jüngling, am Fahrscheinautomaten lehnend, murmelte: »De Oide ziagt ma den Nerv!« und begab sich in die Wagenmitte.

Die alte Frau kam zur Schlußszene vom ›Sparschwein‹ und fuchtelte ein wenig – zur Unterstützung der Worte – mit den Armen.

Dabei berührte sie die Dame am Nebensitz. Diese schaute empört, stand auf und flüchtete auch in die Wagenmitte. Auf dem Fluchtweg teilte sie den anderen Fahrgästen mimisch, durch ans Hirn tippenden Zeigefinger, mit, welche Zumutung ihr gerade widerfahren war.

Die alte Frau merkte das alles nicht. Nachdem sie mir

den Schlußapplaus geschildert hatte, deutete sie auf den freien Platz an ihrer Seite und rief: »Da ist noch frei, bitte!«

Es setzte sich niemand auf den freien Platz. Bis zu meinem Aussteigen blieb er leer.

Neben »Verrückte« setzt man sich nicht! Und verrückt war die Person! Was sie erzählt hatte und wie sie es erzählt hatte, ließ diesen Schluß zwar nicht zu, daß sie es aber erzählt hatte, war der Straßenbahngesellschaft Beweis genug.

Nur eine Verrückte, scheint man allgemein zu meinen, nimmt mit Fremden Kontakt auf.

»Wahrscheinlich hat sie sonst niemanden zum Reden«, sagte ich zum dicken Herrn, der hinter mir aus der Straßenbahn stieg. Und fügte hinzu: »Aber sie hat hübsch erzählt!« Da enteilte der Dicke hurtig.

Der einen Verrückten entronnen gleich auf die nächste zu stoßen, sagte sein entsetzter Blick, ist zuviel für eine einzige Straßenbahnfahrt.

Buschtrommler

Fast jeder Mensch hat unter seinen Bekannten eine sogenannte »Buschtrommel«, womit eine Person gemeint ist, die latent über üppige Informationen intimster Natur verfügt und diese lustvoll verbreitet.

Trifft man sich mit dieser Person, erfährt man über sämtliche Freunde und Bekannte die erstaunlichsten Dinge. Man müßte direkt mitstenographieren, um auch alle »Neuigkeiten« zu behalten. Wer mit wem, wer nicht mehr mit wem, wer warum und mit welchem Erfolg und wer dadurch beleidigt ist, und wer sich darüber diebisch freut...

Wenn wir uns auch hinterher immer lustig über die Buschtrommel machen, müssen wir doch, so wir ehrlich sind, zugeben, daß uns etliches aus der Trommelei interessiert hat. Wir trommeln dann ja auch ganz schön weiter. Vom Tratsch mit einer Buschtrommel heimgekehrt, ist es doch schön, die »Spitzenmeldungen« vorzutragen, und steht einem kein williges Ohr zur Verfügung, läßt sich auch sehr gut telefonisch trommeln.

Von den echten Buschtrommeln unterscheiden sich die durchschnittlichen Weitertrommler aber dadurch, daß sie sich einfach viel zu wenig merken. Sie hören von einem Herrn Habersetzer, der schon mit drei Boutiquen in Konkurs gegangen ist, und vergessen den Herrn und sein Malheur sofort wieder, weil sie ihn nicht kennen.

Und wird ihnen dann ein Jahr später zugetragen, daß die Frau Breinstiedl, die sie gut kennen, jetzt mit einem Herrn zusammen ist, der schon drei Boutiquen zugrunde gerichtet hat, assoziieren sie deshalb nicht auf »Habersetzer«. Die echte Buschtrommel hingegen tut das sehr wohl. Bei der klingelt es sofort, sie weiß Bescheid und trommelt drauflos.

Manchmal allerdings klingelt es auch falsch, weil es ja im Lande mehrere Herren gibt, die auf dem Sektor Boutiquen erfolglos werken. Außerdem kann auch beim Weitertrommeln aus Unachtsamkeit aus dem Boutiquenmann ein Nachtbarbesitzer werden und nach wiederholtem Weitertrommeln ein Zuhälter.

Und dann könnte es sein, daß die Buschtrommel auf Materialsuche davon hört, die Information nicht mehr als die ihre erkennt und trommelt, daß die Frau Breinstiedl nun vom Boutiquenmann zu einem Scheusal von Zuhälter gewechselt hat, der schon drei Damen in den Tod getrieben hat.

Aber ein gewisses Risiko hat halt jedes Gewerbe. So auch das Buschtrommeln.

Ende!

Christine Nöstlinger im dtv

© Isolde Ohlbaum

Werter Nachwuchs

»Wer Humor hat, schafft das Leben leichter.« Christine Nöstlingers Emma K. hat viele Erfahrungen in ihrem Leben gemacht. Als 75jährige versucht sie diese in fiktiven Briefen an ihren »werten Nachwuchs« weiterzugeben. Liebevoll-spöttisch setzt sie sich mit Problemen auseinander, wie sie in jeder Familie vorkommen. Ob es um die Urlaubsplanung mit oder ohne Oma, um Liebe im Alter, um Konsumgewohnheiten, um Fragen der Erziehung oder der Emanzipation geht – man wird sich häufig selbst erkennen, nachdenklich werden oder schmunzelnd dieser Frau und Mutter beipflichten. dtv 11321

Das kleine Frau – Mein Tagebuch

»Streß muß nicht sein! Gestreßt ist eine Frau nämlich nur dann, wenn sie nicht ordentlich planen und richtig einteilen kann. Kann eine Frau planen und einteilen, dann hat sie, trotz Haushalt, Kinderbetreuung und Beruf, ein erfülltes, aber streßloses Leben und daher auch ein ausgeglichenes Gemüt, samt einem friedvollen Lächeln um die Lippen. – Woher ich das weiß? Wieso ich das so sicher behaupten kann? Na deshalb, weil ich es schon tausendmal in Frauenzeitschriften gelesen habe!« dtv 11452

Manchmal möchte ich ein Single sein

Trotz Erleichterung und Stolz kommen der gestreßten Hausfrau und Mutter Zweifel an ihrer Diplomatenrolle. Es sind nicht die einzigen, die an ihr nagen und sie im stillen seufzen lassen: Manchmal möchte ich ein Single sein. Christine Nöstlinger berührt so manchen wunden Punkt im hausfraulichen Dasein und kommt zu überraschenden Einsichten und Ansichten. dtv 11573

Haushaltsschnecken leben länger

Was ist nur aus uns geworden?
Mütter wollen gebraucht werden
Zwiegespräch mit einem Kuchen
Sie & Er: Man müßte nein sagen können

Auf witzig-ironische Weise werden hier Alltagprobleme glossiert, wie sie Ehe, Haushalt, Kindererziehung, Gäste und Hobby mit sich bringen. dtv 10804

Una Troy im dtv

Mutter macht Geschichten

Eine jung gebliebene Witwe, die es satt hat, sich von ihren drei erwachsenen Kindern bevormunden zu lassen, entschwindet eines Tages. dtv 1286 / großdruck 25003

Die Pforte zum Himmelreich

Zwei recht unkonventionelle Ordensschwestern im Kampf mit der Äbtissin des Klosters. dtv 10405 / großdruck 25052

Ein Sack voll Gold

Eine heitere Familien- und Liebesgeschichte vor dem Hintergrund eines konservativen irischen Dorfes. dtv 10619 / großdruck 25002

Trau schau wem

Als Ellen O'Sullivan den armseligen Hof ihrer Eltern für viel Geld verkaufen kann, wollen ihre Geschwister ihr plötzlich vorschreiben, wie sie ihr Leben einrichten soll... dtv 10867

Kitty zeigt die Krallen

Eine seit zweiundzwanzig Jahren glücklich verheiratete Frau nimmt den Kampf mit einer attraktiven Nebenbuhlerin auf. dtv 10898

Stechginster

Acht Ruhe suchende Weihnachtsurlauber in einem romantischen Gästehaus werden von sechs fanatischen Jugendlichen in einen ungewöhnlichen Kriminalfall verwickelt. dtv 10989

Das Schloß, das keiner wollte

Ein adeliger Verwandter hinterläßt einer eher bescheiden lebenden Lehrerfamilie ein Schloß. dtv 11057

Eine nette kleine Familie

Die allseits beliebte Lehrerin Miss Meade will Ordnung in die Verhältnisse einer »netten kleinen Familie« bringen, die durch die Ankunft eines fünften Kindes in ihren Grundfesten erschüttert wird... dtv 11150

Läuft doch prima, Frau Doktor

Ann Morgan ist nicht nur Ärztin aus Leidenschaft, sondern auch verantwortlich für ihre beiden jüngeren Geschwister, die ihr diese Aufgabe in keiner Weise erleichtern. dtv 11214

Die Leute im bunten Wagen

Eleanor Moore und ihre Großnichte Rose stellen den Park ihres Herrensitzes »fahrendem Volk« als Winterquartier zur Verfügung. dtv 11350

Amei-Angelika Müller im dtv

Foto: Studio Kleiber

Pfarrers Kinder, Müllers Vieh
Memoiren einer unvollkommenen Pfarrfrau

Sie ist ein Morgenmuffel, Kochen ist nicht ihre Stärke, und auch sonst entspricht sie nicht dem Ideal einer Pfarrfrau. Sie wollte auch alles andere werden, nur das nicht. Doch sie lernte einen Theologiestudenten kennen – und lieben.
dtv 1759 / dtv großdruck 25011

In seinem Garten freudevoll...
Durchs Gartenjahr mit Wilhelm Busch

Jeder glaubt Wilhelm Busch zu kennen, doch eine Seite des berühmten Zeichners, Dichters und Philosophen ist weniger bekannt: Er war ein großer Naturfreund und Hobbygärtner. Amei-Angelika Müller hat diesen »anderen« Wilhelm Busch aufgespürt in seinen Briefen, Gedichten und Zeichnungen, in denen er von Gärtners Freud und Leid erzählt, das menschliche Leben mit dem Ablauf der Jahreszeiten vergleicht und Tiere und Pflanzen beobachtet.
dtv 10883

Ich und du, Müllers Kuh
Die unvollkommene Pfarrfrau in der Stadt

Nach sieben Jahren in der ländlichen Pfarrei folgt Amei-Angelika Müller ihrem Mann auf eine Pfarrstelle in der Stadt. Neue Erlebnisse und Erfahrungen warten auf die »unvollkommene Pfarrfrau«, von denen sie mit viel Selbstironie und gekonnter Situationskomik erzählt.
dtv 10968

Sieben auf einen Streich

Eine herzerfrischend fröhliche, witzige und humorvolle Familiegeschichte: Sieben Geschwister nebst Anhang, insgesamt siebzehn Personen, darunter nicht weniger als drei Pfarrer, versammeln sich zu einem Familientreffen im Harz. Vergnügliche Einblicke in eine ganz und gar unmögliche Familie...
dtv 11204

Veilchen im Winter

Was macht eine junge Frau, die sich von ihrem skibegeisterten Ehemann zum gemeinsamen Winterurlaub überreden läßt, obwohl sie selbst völlig unsportlich ist und den Winter zutiefst verabscheut? Sie würde nach wenigen Tagen enttäuscht und zornig abreisen – wäre da nicht eine gleichgesinnte Seele in Gestalt eines kleinen Jungen.
dtv 11309